# とこしえ

## ――わがふるさと「知井」

名古きよえ

竹林館

# ふるさとの風影

河内谷の奥

蔵王橋上流（由良川）

ブナの芽

河内谷の入口

蔵王神社

上ン庄

梅の木（下ン庄）

茅葺屋根

知井八幡神社

蔵王橋（下流）

卯の花

# まえがき

故郷の山河を目に浮かべるとき、静かに流れる渓流の音が近づいてくる。何かの縁で私は生まれ、育てられている間、山も川も私の姿を見ていたのだろう。

雪の深い里である。長い冬にも農家には手仕事があり退屈することはない。雪が解けると直ちに要る物（縄、筵、草履）を作り、牛の世話、家族の衣類の仕立て直し、それに定期的に廻ってくる御講の用意をしなければならない。主婦は越冬用の豆や乾燥野菜、塩漬の山菜をおかずに、歩いてくる魚屋の定番はサバやイワシのへしこ（糠と塩で漬けたもの）を買う。

三月の末に土が覗く。田植えの準備が少しずつ始まる。農家も先を見て仕事をしなければならない。種子を蒔く時期、植える時期は収穫の時期を予定に入れている。

天候を見計らって行動する。五月になると野山に花が満開になる。ぶんぶん飛ぶ蜂と、野にはカエルや蛇、空にはにぎやかな燕、自然の生気の中で田植えが始まる。六番目の子を身ごもり、次から次へと忙しい母は大きなおなかを抱えて働いたのだろう。五月下旬、女の子が生まれた（中の女児二人は続けて亡くなっていた）。

私が小学校へ上がるまで、二キロほど離れた母方の祖父母、親類のおばさん、姉たちに見てもらって、水の事故や病にもあわず平穏に暮らしていた。

第二次世界大戦が始まり（一九四一年十二月八日）、人々の気持ちは一変した。生活もだんだん窮屈になり、将来を夢みて成長していた青年が戦争に駆り立てられていった。畑はあるだけ耕し、田んぼはどんな狭い棚田でも苗を植え、米を供出し、麦と山で採った「ようぶ」の葉を混ぜ、芋、カボチャも入れたご飯を毎日食べていた。私の十歳の時、戦争は終わった。

戦争に負け、原爆が広島や長崎に投下された被害を聞き、沖縄の惨状を伝え聞き衝撃を受けた。足元では村の封建性が叩かれ、開発、改良と合理化が子どもの耳に刺さった。どこからともなく吹いてきた忙《せわ》しい風、それが何であるか誰も確かめず、貧しさから立ち上がるため受け入れて村は美しくなった。

山間の村々、そのまた支流の小さな集落で長い間受け継がれてきた伝統や生活、しっかりと絆が保たれていたことは意外と大切なことだった。記憶を手繰り寄せながら綴っていると、過去がまだ私のなかを通過していると思える。

目次

# とこしえ

——わがふるさと「知井」

一

# 道 ——梅の木まで

中村の家並みを映しながら悠然と流れる由良川《ゆら》、奥の集落、佐々里《ささり》や芦生《あしゅう》の山々、田歌《たうた》や江和《えわ》を通って来る一級河川、昔、河内谷の山中にあった聞法寺《もんぽうじ》の蔵王神社が中集落にある、その前に橋が架かる蔵王橋。私たちは蔵王橋を渡って河内谷の集落へ、爪先上がりの坂を歩いていく。左右に田んぼの風景が広がり、私はこの明るい地道で一人立ち止まったことがある。小学一年生の三月、学芸会の練習が始まっていた。

友だちは声の良い子ばかり、私は役も付かず早く帰らされた。振り返って遠くに見える校舎の屋根、孤独を感じて風が身に沁みた。初めて自分を見つめた時だった。

誰にも出会わない道をとぼとぼと歩いていくと山裾に入る。左は数段低くなって田んぼが広がっている。田んぼの向こうに川が流れているのだが道からは見えない。山には杉や桧がうっそうと生え、しばらく平坦な道を歩いていくと一本杉が見える。だれが植えたのだろうか、淋しそうな若い杉を眺めて家が近づいたと思う。

一本杉は季節が変わっても、楽しいことと辛いことがあってもぽつんと立っている。私は時々、幹に触ってみた。まだ細い頼りなげな杉、けれど誰も切ることはなく成長し続けた。皆の目印であり心の友のように眺めていた。

ここまで来ると家が四軒見える。「梅の木」という集落で、もう一軒は道が曲がっている向こうにある。昔、梅をたくさん植えていたから「梅の木」と呼ぶようになったのだろう。しかし私の幼い時から今日まで梅の木は一軒に一、二本しかなかった。各家に屋号があり、姓はみな「名古」という。昔は十数軒あったが何かの事情で減っていった。あちこち歩いていると、ここに家があったらしいという土地に石が積んであったり、木がさみしそうに残っていた。

道は大通りから各家へと細い道になって坂だったり水路の横だったりして趣があ

る。私はこの細い道を幾度歩いたことだろう。道は野や川へと続き、友だちと遊ぶとき、田や畑の手伝いをするとき、期待やさみしさや、またお使いの緊張などその時々に感じる道との対話。足裏の感覚、草や石垣との無言の挨拶、特に親類のお婆さんの家へ行くときの弾んだ心、母に急用を伝えるとき駆け上った石段、祠のある丘へ行く敬虔な気分の道、まるで慣れた遊び場でもあるように心身と馴染んでいて家とは違う開放感と、他者への境界線のように存在する道を私は好いていた。

小さな集落「梅の木」（またの名を「下《しも》ン庄《じょ》」）の枝分かれした道は今も変わらない。

# 上《かみ》ン庄《じょ》へ行く道

「梅の木」から奥へ行くとぽつんと丘があり、一軒だけ、昔他府県から来た人が暮らしている。母はその家族と親しくしていたので私は祖母の家へ行く途中やさしいおばさんとしばらく時を過ごした。そこからの道は山がせまっていて川の流れが眼下に見える。またしばらく行くと岩肌がむきだしになり、山と川原の鬱蒼とした杉林、子どもにとっては淋しくて逃げ出したい数百メートルだが、帰るにしてももう遠い。ただただ前を向いて歩いていく。

ぱっと開けた空の広がり、家々の佇まい、二軒目が祖母の家である。私たちは上の集落を「上《かみ》ン庄《じょ》」と呼ぶ。ここは河内谷の中心であり姓は「長野」がほとんどで、数軒は外部からきて長く働き集落の人になって、「長野」の姓をもらった人もいる。付き合いも差別なく、田畑も山の仕事も助け合っていた。

私の家から二キロの地道に橋はないが、お地蔵さんがある。可愛いお地蔵さんで特に女性は立ち止まって手を合わせている。悩み事や病気、旅の安全、仕事の無事など何でも拝んでいく人を私は「みんなのお地蔵さん」と思って見ていた。母もまめにお花を供えたり水を替えたりして拝んでいたが、私も野の花を供えていた。

上ン庄の人たちは梅の木を通り、中村の集落まで買い物にいく。店は中村に集中してあった。道は石垣で川の氾濫を避けていたが、雨が三日降り続くと増水して恐ろしい姿となる。祖母の家の前は村の間道で、すぐに川になり便利ではあった。従姉がよく洗い物をしているのを見かけた。

数軒向こうで川は曲がっていて橋が架かっている。お寺はその手前の坂の上に大きな茅葺屋根の佇まい。「知井村史」によると良忍の開基、一一二五年鞍馬寺が火災で焼失、再建勧進に知井へ足を踏み入れて河内谷の昌徳寺を〈ほかの集落にもお寺を〉開基したという。

私は時々祖母のお使いで親類の家へ行った。大きな家の戸を開けても薄暗い土間でお婆さんはおっとりとした表情、一言伝えると頷いてくれた。田舎の言葉は少ないがちゃんと伝わっている。それは誰でもそうであった。山の裾にある家のために橋が架かっている。人と犬しか通らないのんびりした橋もあった。私は小さいとき犬が大嫌いで、というより恐ろしくて近寄れなかった。その後、生まれたばかりの子犬を飼って犬に馴れた。奥へ行くほど道と川とが仲良く続いている。

山道になると、ほとんど男の人しか通らない。山の仕事をするためにトラックも朝夕通り、地道は凹凸ができやすい。一人の男性が黙々と直していた。彼は公務員で年中道を直す仕事をしている。私も見ていてその忍耐強さに心打たれた。

道は途中で山に阻まれる。歴史は物語る、若狭からやって来た人は蔵王橋を渡って河内谷の道を進み、峠を越えて弓削《ゆげ》、周山《しゅうざん》、そして京都へ出たと。

もっと昔の言い伝えでは、京都から来た人は弓削の奥から河内谷へ来て若狭方面へ行く。河内谷の道は旅人や僧、兵士も頻繁に歩いていた時代があった。

# 水について

家から見える幅四、五メートルの河内谷川、生活に欠かせない川でもあり魚捕りに夢中になれる遊び場でもある。飲み水は谷のきれいな水を引いていたが、谷から遠い家では井戸を掘ったり、用水路の水を池に流し込んで使っていた。

私が水について強く意識したのは家を出て都会の生活をするときだった。水はただではない、水道の水をメーターで計って支払う生活になることへの不安だった。

河内谷川は由良川の支流で、山々から出てくる谷の水が集まってゆるやかな傾斜を流れてくる。田んぼへ水を引くにはかなり上で用水路の入口を作り、水が流れる傾斜を作ってどの田んぼへも行き渡るようにしている。山間の川は土地の一番低い所を流れているからである。用水路の工事ができない時代、田んぼはできず畑だけで米は買っていたのだろう。梅の木は川より高台にあるので、川の縁だけ米を作り、ほかは蕎麦や麦を作っていた。各家に現金収入ができ、出し合って用水路を作った。畑より田が増えて、田植えは共同作業の「てんごり」という風習で賑やかで楽しくやっていた。現在はほとんど機械で男の人が苗を植えている。

水で病気になることはなく、美味しいご飯やみそ汁を私などはあたり前のように思っていた。幼い頃の父母の言葉に、川を汚さない厳しさがあり、子どもも自然にその心を受け継いだ。畑の肥しを運んだ道具を洗わない、家族の汚れた下着を洗わない、上流の人は下流の人を思って川を使う、他人が見ていようがいまいがそれは大人から子どもまで自覚させられた。

男の子は「川や溝にオシッコをするとおちんちんが腫れるよ」と言われ怖がっていたが、ワンパク小僧は時々やっていた――。

戦後の貧しさのなかで赤痢が流行ったことがある。一家の家族に伝染し死者も出た。その時、下流の者は川へ近づかないようにと父から言われた。あの時は戦争で心身共に疲弊していた。一方、外部からの刺激の強い時代で、少しでも明るく良い生活をと、伝わってくることを抗うことなく受け入れる時代でもあった。つまり耕作へ機械や化学肥料が魅力的に売りつけられ、家の改善、家族の流出が始まった。

現在は水道が行き渡り、蛇口をひねれば水が出てくる時代、コンビニ、自動販売機でペットボトルが買える今日、川や谷へ行く機会も減り、山はさらなる孤独を天に訴えている。父は旅が好きで農閑期になると京都や大阪へ行くらしかった。そのせいか家族が出かけるときは「飲み水に気をつけるように」とうるさく言っていた。今だったら親のそうした気遣いは聞けない。ペッボトルはどこでも売っている。

# 川で遊ぶ

私は夏休みを待ちかねて川へ泳ぎに行く。大きな岩にぶつかった水は底を削って淵になっている。水は緩やかに渦を巻き青々としている。子どもたちは集まってきて、思い思いにもぐったり岩から飛び込んだりして飽きるまで泳ぐ。空が曇り夕立になるか、三時過ぎ、疲れと空腹を感じるまで川から離れない。親の干渉はなく宿題は自由研究ぐらいである。姉や兄にヒントをもらって絵や小物入れを作る。二年生の時、お盆が過ぎると前の畑に大根の種子が蒔かれる。一週間ほどで芽を出し、二、三回は間引く（大根は根が太くなるため間隔をあける）。黒い虫がつく。そんな大根の成長を記録しグラフにして提出したことがある。

西瓜、瓜もおいしくなる頃、ほとんどお金を使うことはなく遊びもおやつも自然から貰ったものばかり、川に魚はにぎやかに生きていた。河内谷川の流れは山々から集まってきて中村の由良川本流へ流れ込む。いつも白波と瀬音を立て耳に心地良い。

鮎は私たちの手に負えないが、川底に目を凝らすとゴリ、どじょう、田螺《たにし》、そして一番鈍いカバが砂や石の上にいるのを捕るのが面白く、川上へ行ったり下へ行ったり時間を忘れる。川岸の草もタデ、セリ、三つ葉、蕗など生えていて女の子にとって興味のある物ばかり、タデは魚と一緒に煮ると匂いが消える。セリ、三つ葉はおひたしに、蕗は五月に摘んでつくだ煮や筍と炊くと美味しい。

メダカは岸の水のたゆたっているところにたくさんいた。砂を掘って水を引き池にしてメダカ、どじょうなどを放ち遊んだが翌日にはすっかり元気をなくし死んだ。やはり流れる水でないといけないと思った。川の魚にはずいぶん殺生をしたと思う。

魚とり道具――子どもは竹で編んだ笊《ざる》、タモなどを使っていたが、大人は投げ網、ヤス、引っ掛けなどを使っていた。

釣りを専門にするおじさんは、アマゴや鮎を上手にとって売っていた。私の子どもの頃は魚がたくさんいたから戦争中はゴリ、鮎までよく食卓に上がっていたが、何故か私は食べられなかったのでカルシュウム不足だったのだろう。高校生になると、たびたび歯痛で泣かされた。

女の子でも魚を捕るのが上手くて、川の中の石のすき間に入っている魚を捕らえたときの面白さは忘れがたい。ほかは笊でゴリやカバを捕って楽しんだ。

# 土

土といえば家の前にある畑の土を思い浮かべる。少し小石の混ざった暗褐色の土は山の土である。耕されている土は見ていると気持ちを爽やかに、近未来へと心を誘ってくれる。

雪に閉ざされる冬はこうした土は完全に見えない。母は時々一メートルほど積もった雪を掘って中から野菜を取り出す、その時に黒い土がぱらぱらと雪の上に落ちる。晩秋に畑の土を掘って、大根、人参、小芋、白菜などを埋めておく習慣があり、越冬用の食材として、大切に取り出す母の手元から現れる野菜と土を私は見ていた。

雪が溶けだす三月の末、畑はじくじくしているが、雑草より先にセリや蓬《よもぎ》が青い芽を出す。都会の栽培されたセリと違って地面に広がっているが香りはとてもよい。私は春一番にセリを摘んで母にわたす。「これだけやけど――」と言って。

四月になると雪は消えて山に辛夷が咲き、農家は田植えや山の手入れなど急に忙しくなる。草を引いて肥料（牛の下肥、草やもみ殻、鶏糞、灰など）を入れ、野菜や豆、籾《もみ》（イネの苗を作る）をいつ蒔くと、何日後には十センチ余りになるかを予測する。天候や経験を生かして。

一方、田ごしらえが始まる。耕運機や農薬が入ってくる以前の事、貯めておいた肥料を蒔き、牛の力を借りて雪で硬くなった田の土をおこしていく。次々に忙しい父母は協力して動いていた。勿論上の姉兄もよく手伝い、村の人も「てんごり」で協力していた。四月から七月までの農繁期はにぎやかで楽しく、野山も生命力に満ちている。

田の土は水を入れるので子どもは気持ちが悪く、思い切って入ると冷たくぬるっとした感じだった。大人は平気なのを見て稲の苗を運んだり、中学生になると田植えも手伝ったことがある。有機肥料を使うので薬害など思いもしなかった。年によってイナゴやいもち病で収穫が少なく、供出の米に苦慮した時もあったことと思う。戦中もそうだったが、そんな時は豆や芋、米の屑（小米）を利用して何とか凌いだ。土のおかげでほかの作物もとれ、工夫で小米と蓬でお餅を作ってくれた母、父もそれが好きだった。

母は種子を蒔く時期を逃さないように気を遣っていた。農家では皆そのために空を見て、「今日は曇り、昼から雨——」などと言い合っていた。時期を逃すとよい収穫ができないことを経験で知っていたのである。西瓜や瓜を蒔く時、豆を蒔く時、大根や白菜を蒔く時期は少し違っている。

それは今も変わらず、何かの寄り合いのあとは主婦たちが種子を蒔く時や収穫の成果を話し、教えたり教えられたりしている。山の土は腐葉土に恵まれ食べるに困らないだけの収穫はあるが、適度な肥料をやるのも必要で、母は時々植物の顔色を見ていると言った。

庭先の畑でとれたジャガイモを掘り、みそ汁にしてくれる初夏、美味しいと思う。とれたてだからと子どもでも思った。また、母が作る「まくわ瓜」——濃い黄色で蜜の色に似ている瓜の美味しかったこと。うまみには風味がなくてはいけないと感じていた。

西瓜は夏になるとバレーボールのように大きくなる。高校二年生の時、病気で寮から帰って来るとまだピンク色の西瓜が切ってあった。母はそのままにして畑へ行ったのだろうか、気の進まないまま一口がぶりと食べると意外にも美味しい。ピンク色の（まだ完熟していない）西瓜がどうしてこんなに美味しいのかと思った。

素人の考えだけれど――土が良いにちがいないと思う。特別に良い肥料をやっているのではない。腐葉土が年々守られ、耕されているからなのだろう。

旅でも外国の土に関心が向く。いろいろな土、赤い土、灰色の土、砂、粘土、黒い土と、色で見てもその種類は多い。新聞に載っているのを見ると、地球で見られる土の種類は人種のように多い。

日本のように暗褐色の土は豊かなのだろう。木々の葉が腐葉土になって土を肥し生物の命を育てている。その点、放置された田畑を車窓から見ると残念に思う。輸入食品に頼り、手間をかけて作ることをしなくなった時、土は痩せて荒れる。土は何でも受け入れ農地は原野に戻る。土のエネルギーは在り難くもあり恐ろしくもある。昔から人は土を耕し命をつないできた。それは土と関わった時に感じる喜びが希望を育む。父母を見ていると、どうも汗のあとにくる収穫（大小はあっても）が次の仕事をさせていたと思える。土を耕している人を見ると、過去から受け継いできた土（田畑）に感謝と愛おしさを感じているように思う。

# 焚火

何といっても秋の焚火は郷愁に誘われる。田んぼの真ん中で、山裾の畑で、青い煙が出ている風景は人なつかしく心を和ませる。もみ殻や枯れた草や廃材をくべて人気のなくなった田んぼで燃えているのは仕事が終わったという憩いでもある。

幼い頃はサツマイモを焼いてもらってホクホクと食べたり、冷たい体を温めたりした。煙の臭いや火の赤さを見て中空を眺め、時の移ろいや山の冬支度を淋しく思った。火の用心には気をつけ、夜になっても消えないときはトタンなどで塞いでおく。山で焚火をするときもある。「しっかり消したか」と大人に言われ、確かめに行った青年たち、子どもは大人のそうした言動を見て火についての怖さを自覚する。

川遊びでもそうである。砂場で焚火をして夕暮れに引き上げるときにまだ燃えている場合、水で消して帰る。突風で飛ばされた火がもとで火事になった記憶を村人は伝え聞いている。

戦前の暮らしでは生火《なまび》で育った。火の美しさも身にしみて感じていた。炎の色は白、青、黄色、赤、ピンク、橙、灰色と複雑に揺らめきながら変化する。見ていると魔物のようでもあり神聖でもある。秋に故郷へ帰るとひっそり焚火が煙っていれば、農繁期のようすを思い浮かべる。人々が働いたあとの安心のようなものを煙はたなびかせている。

今はお正月に神社の庭で焚火を見るくらいである。自宅の近くの上賀茂神社ではお正月の三が日間、第二の鳥居を出たところで焚火をしている。庭の木を選定した太い木なのでかなり勢いがよい。煙をまともに受けるとたまらないが、身体の芯まで温まり、お参りの人が入れ替わり立ち代わり手をかざしていく。都会でこのような焚火はお正月だけとなったようだ。個人は絶対に外で火を焚くことはできない。

最近（平成二十八年十月）法事で故郷へ帰った時、田舎でも焚火は禁止で、花火をしていて警察に通報されたことがあったとか、防火のために徹底しているようだ。しかし広場での花火くらいは許されてよいと思う。

焚火で灰ができると畑に捨てる。特に灰でなくてはできないものは、栃餅にする栃の実の苦さを抜くこと、灰も役に立っていた。

# 火

子どもの時、火の恐ろしさは、すべてが燃えてしまうという事を想像した。何故なら生火《なまび》はいつも家の中で燃えているのだから。おくどさん（竈《かまど》）ではご飯、おかずを炊き、牛の餌も炊く。祭りや冠婚葬祭では竈はフル回転で、餅を搗《つ》く時や味噌豆を炊く時もカッカと燃えている。また囲炉裏は九月半ばから翌年の六月半ばまで火を焚いている。囲炉裏にくべる木も山から用意してくる。雑木を一メートル余りに切って家の裏に積んでおくと、乾燥し使うのに便利である。

私は中学校を出るまでこの囲炉裏で家族の暖かさを知り、自分もいつかはここを出ていくのだと思った。家には物語があって、子どもは興味深く聞き、自分はどうなるのかと想像して火を見つめた。

私が生まれた時には、もういなかった家の祖父母のこと、村の人々とのつながり、姉二人と兄のこと、母はひたすら家事をすること、躾、みなこの囲炉裏の廻りで語られていた。囲炉裏の役目はほかにもあって、鉄鍋に豆や昆布、ずいきを入れて煮込む。冬のおかずにとろりとして美味しく、納豆も軟らかく煮た豆を藁に包み、それを十数個、菰で巻いて囲炉裏の上に吊るす。五、六日でほどよく発酵して納豆になる。失敗はなく、いつも美味しい納豆ができた。

村では皆、同じようにして冬を過ごしていた。

囲炉裏でお餅を焼いたり、栗を灰の中に入れて焼いたり、親類のお婆さんや行商の人が来ると話したり、時には昼寝をしたりする。ところで囲炉裏には位があって、上の座は父、右側は母、向い側（左）は客の座と決まっていた。下は空いていて薪を置いたり人が通りやすいようにしている。板の間にも面している。ほかは畳が敷いてあるが、板の間は汚れた場合毎日のように拭き掃除をするので黒光りしていた。

木が燃えるときは煙が出る。煙たい時もあるが、囲炉裏の上に煙ぬきが作られていた。

# 灰

木を燃やしてできる灰は面倒なもので、飛んだり落ちたりしないように容器に入れ、畑に蒔いていたが、なくてはならない役目もしていた。

田舎の主婦は栃餅を作る。秋に栃の実を拾い乾燥して蓄えておくが、餅にする時はまず実を水に浸けて膨らます。一週間ほどで膨らんだ実の皮を剥く。薄黄色の実はとても苦いので、この苦味を取るために灰を使う。灰がなくてはどうにもならない。

竈《かまど》で実を炊き灰を混ぜると不思議にも苦味が抜ける。田舎の嫁は姑からこの方法を習い一人前に栃餅ができるようになる。失敗すると苦味のある餅になり美味しさが半減する。

母が灰のないのに困った時も栃餅を作る時だった。すでに家では石油、電気ストーブを使っていて灰の姿が消えていたのだった。そこでわざわざ木を燃やして灰を作ったと言った。その時にできた灰を送ってくれたので私は大切に保存している。蕨の灰汁を抜く時に使うくらいだが、薄い鼠色できめ細かなさらさらの灰、いつまでも変わらず（変色せず）かびたりしない。

囲炉裏、竈、風呂で木を燃やしていた時は灰はたくさん出た。

子どものとき読んだ「花咲か爺」の絵本に、枯れた桜の木にお爺さんが灰を蒔く場面がある。――枯木に花を咲かせましょうー

「灰なんかまいても花は咲かないでしょう、変なことをいうお爺さんやなあー」と子どもながら思っていた。しかし、もしかしたら桜は灰を蒔かれて元気を出し花を咲かせるかもしれないと今は思う。全く想像でしかないが、灰のエネルギーは馬鹿にできないのではないか、と。また昔の人は私たちの知らないことを経験によっていろいろと知っていたのではないかと思う。

灰とは物の終焉の姿であり、再生の元かもしれない。

# 聞法寺《もんぼうじ》

## 「門坊寺山」

この山には、かなり前から樵《きこり》、炭焼きも行かなくなり、杉や雑木、ススキが鬱蒼と茂っている。門坊《ぼんぼう》(村では門坊寺山をそう呼んでいる)に奈良や京都に負けないくらいの七つの堂宇《どうう》(金堂、講堂、塔、鐘楼、経堂、僧坊、食堂)を供えた寺院があった。

私の子どもの頃、昔話やキツネ、オオカミのお話を聞くのが好きで、母や姉から言い伝えなどを興味深く聞いていたが、「ぼんぼうに七堂伽藍があった」と母から聞いたとき、こんな山奥にどうしてそんな大きなお寺があったのかと不思議でならなかった。しかし母は七月十四日になるとおかずを一品、作ろうと思案していた。

あの年は畑に胡瓜が三本、食べごろになっていたので「ほら、初物……」と私に見せ、胡瓜の酢の物をつくり、父はそれをもって門坊《ぼんぼう》へ行った。

門坊寺山には毘沙門さんの小さな祠があって、七月十四日には家の主人がお参りする。祠の前でお経をあげ、あとでお神酒と持ち寄った酒の肴をそれぞれ味わって親睦を図る習わしがある。

## 「村人の言い伝え」

母はこうも言った。「ぼんぼうの山に金貨が埋められているというて、掘った人は皆死ぬということや」。

また、「お寺について調べたりしたら病気になったり不幸になるといわれているよ」と気味の悪い話をした。私も聞法寺について関係したら早死にするかもしれないと秘かに恐れたが、興味は増すばかりだった。大学生になり「聞法寺」が確かにあったこと、遺されている仏像があることを「知井村史」で知った時は非常にうれしかった。

周山の慈眼寺《じげんじ》に安置されている釈迦如来坐像と長谷寺の山門にある仁王像一対（仏師、堪慶の作といわれる）がおよそ千年余の月日を経て現在にあることに驚く。

## 「遺された文化財」長谷寺へ行く ――

私は仁王像を見るために大和桜井市の長谷寺へ行った。まるで故郷、知井を思う山並みの懐に長谷寺はある。参道には土産屋が並び、特に蒸饅頭の湯気が長閑にたっていて「帰りに買おう」と思っていたら中年の奥さんが「どうぞ召し上がれ」と二つ紙に包んで下さった。温かい気持ちで山門に辿り着き、金網でガードされている左右一対の七尺余りの仁王像に対面した。

大きさは各寺院にあるくらいのもので、意外と遜色なく黒ずんだり、あまり虫に食われたり欠けたりしていない。河内谷の山中にあった仁王像を静かに仰ぎ見たのだった。時の流れが音楽のように聞こえ、多くの人が眺めたであろう聞法寺の山門を思い描いてみた。

目の前の仁王さんは無言で、千年の波乱万丈の歴史を物語ってはくれない。奇跡的に残り、村人の手によって中集落へ運ばれ、ほかに残った釈迦如来坐像や本尊のお頭を守ってきた。

織田信長の家臣、明智光秀の大軍で一夜にして七堂伽藍は破却されたが、山門が離れた所にあったのか、それとも僧たちによって谷間に隠されたのか――。

## 周山の慈眼寺へ行く ――

慈眼寺に聞法寺の仏像があると聞き、ＪＲバスに乗って周山へ向かった。あらかじめお寺にお願いしていたので、早速、住職が出てきてくださって釈迦堂の扉を開けてくださった。何といっても私の生家から南東の山の中腹にあった聞法寺まで小一時間で行ける、その中にあった仏像にお目にかかるのである。奇跡的であり夢のような感じで、お堂の中に入った。住職は「ごゆっくり」と言って庫裏の方へ行かれた。

緊張して見上げる釈迦如来坐像、あっと胸を突かれる。目を開いて私を見ている。私もしばらく見つめていたが、瞬きをするとお目は瞑想になっていた。気のせいだろか、光りのせいだろうか、しかし確かに目は開いて私を見ていた。私にとっては不思議な一瞬だった。ふくよかなお顔、素朴な衣の膝、全体に漆色で艶もある。藤原時代の優品といわれている。仏師は運慶の子の湛慶だとか。仏像の原材料は知井の山々に豊富にあって、仏師との関係もあっただろう。千年余前から今に受け継がれる人の愛情、戦乱を潜り抜けて二百年間は中村の草堂で、再建を願って守られてきたが、明治の廃仏毀釈により困難になった。

周山は知井からも京都からも車で一時間余りで行ける。

## ご本堂のお頭

ご本尊のお頭も中村の草堂（またの名を釈迦堂）にお祭りしていた。ご本尊は丈六の釈迦座像で四・八メートルあり、立派な仏像だった。お頭だけでも村人は大切にしていたが、ある時、草堂から姿を消した。七尺余りの仁王像一対、等身大の釈迦如来坐像、そしてお頭はどこへ行ったのかわからない。村人は探し訪ねて大金を払い釈迦如来坐像と仁王像を取り返したが、お頭は行方不明になった。誰が持っていったのだろう。今もどこかにあるのだろうか。

もしお頭があったら首から下を仏師に作ってもらい聞法寺の地に祭りたいものである。

## 聞法寺の広さ

門坊寺山の中腹にあった七堂伽藍は坊舎門塀すべて揃っていた。屋敷は六十軒に四十軒（百八メートルに七十二メートル）、坊館屋敷は二十間に五十間（三十六メートルに九十メートル）、仁王門屋敷は二十五間に五間（四十五メートルに九メートル）、案内屋敷は四間に六間（七・二メートルに十・八メートル）あったと、「大正郡誌」に書かれている。

河内谷川から山道を登ること小一時間、山中の寺は雨や霧、雪に包まれても、多くの僧や村人が行き来した。千年余の賑わいを想像すれば、人間の争いさえなければ今も存在しているかもしれない。

## 聞法寺の破壊

寺は自然に衰退したのではない、突然に壊された。一五七八年、明智光秀の軍が河内谷の門坊寺山を登っていった。七堂伽藍はことごとく破壊され、残ったのは礎石だけとなった。理由は明智光秀が周山城を早く築くために、用材を寺の柱や板や瓦等で補うためだったという。僧や村人のショックは計り知れない。

多くの兵は村を荒らしていったにちがいない。その影響は村人の生活に長く続いたが、遺仏は河内谷の隣の集落、中村の草堂で守られ、寺が消えてから約二百年という月日、盗難や廃仏毀釈《はいぶつきしゃく》に遭っても釈迦如来坐像と仁王像一対は残った。

「美山仏教史」には次のように書かれている。

門坊寺の七堂伽藍悉く破却して
坊跡は目前に畑となり
叢林は虚しく
猿飛び鹿臥す床と荒れ行き
月夜に霜かと疑われし堂前の白洲は
茅尾花生出で、じん茸《しふ》を求むる野となり
不断の霧とあやしまれし香煙は
あらはなの烈しき風に
跡形もなくぞなりける

# 星

夜は家を一歩出ると暗闇だった。しかし空を仰ぐと星が瞬き、降ってくるように感じた。七夕の日の天の川、家族のなかに天体に詳しい者はいなかったが、物語や絵本で見たように、年に一度だけ出会えるという彦星と織姫を探し首がだるくなるほどだった。天の川が、うすく青白い雲がたなびいているように見えるのは、水が流れているのかなと眺めた。空に吸い込まれるような宵の口、夏は手っ取り早く行水をすることが多く、大きな盥《たらい》にお湯を入れ、母がぬるくはないかとお湯を足してくれる。山は黒い屏風のようで、ほのぼのと深い空に満天の星、一番はっきり見えるのは北斗七星、次にカシオペア、あとは星がひしめき合っているのでただ見ているだけだった。

家の門は南を向いている、庭に出ると山々が向こうの方へと低くなっている。その分、空は広くなっている。東の山は川向こうで、朝日は家の炊事場の面を照らすのだが、夜は地面まで闇に包まれている。

道で影踏みをして遊んだり、「火の用心廻り」をするときは、暗い道に月がそっと光を降らしている。

父は私の二十歳の夏に亡くなった。野辺の送りをして川で泣いていると、夜になり星が瞬き始めた。死んだ人は星になるとどこかで聞いたので一所懸命探したが、あまりにも星が多くて、ついに父の星は見つからなかった。父からも何のサインももらえなかった。

その後、都会生活で、河内谷のような星空をどこかで見たいと思った。

# 時雨

夏の夕立は雷と共に激しいが、秋の時雨も意地悪である。少しの晴れ間を見て布団を干したり洗濯物を出していると、山の上に雲が出て急に雨脚が早くなり里へ降りてくる。「さあーえらいこっちゃ〜」と母や姉は走るのである。勿論、子どもの私も手伝うために走る。軒下に無事に入れると、雲間から陽が射してきたりする。「狐の嫁入りや〜」と空を見て呟いたり家族と笑うほど意地悪で、狐はどこへお嫁に行くのだろうと想像した。

時雨は山の向こうからやって来る。雨脚がずんずんと近づいてくる。それは意外と早く、たびたびやって来るので油断がならない。しかしあの怪しい晴れ間も面白いもので、秋の喜びでもあった。

収穫した豆や栃や栗は庭に筵を敷いて干している。二人で片づけると助かると母はよく言った。私も結構役に立っていたのだろう。

季節が少しずつ冬へと変わっていくのを感じるのも時雨のせいで、冬に入ればもう時雨はない。北風が吹いて雪を知らせる。

その前の数日間、雪ン子が飛ぶ。三ミリぐらいでお尻に白い綿を付けた虫、手で掬うと半透明な羽がある。雪ン子が飛ぶと確かに寒い日がやって来る。

# 雷と夕立

雷、火事、親父、という言葉は大人がよく言う、中でも一番恐ろしかったのは火事だった。茅葺屋根の下で囲炉裏や竈を常に焚いている生活で、火事は雷や親父より恐ろしかった。父は上の子どもたちには厳しかったらしいが、私より下の子には意外とやさしい所があった。父の厳しさをまともに受けたのは跡を継ぐ男の子だっただろう。

雷は夏になるといつでも天上でゴロゴロ、パチンと鳴っていた。蚊帳の中へ入る時もあり、家の中でホッとする時もあった。川で泳いでいるときや田畑にいるときは近くの家の軒下でようすを見ている。近くでは雷に当たって亡くなった人はいなかった。

家にいるときの夕立は子どもはうれしく、母や姉が家にいるので安心していた。山間では雲の動きが速いのだろう。夏の暑さも夕立でやわらぎホッとする、雨が上がると外に出ていきいきとした田畑を眺め、一段と成長するようすを感じる。

道を歩いているとき夕立に遭い、走って親類の家へ立ち寄るとお婆さんが笑って迎えてくれたことがある。縁側に腰を掛けてお婆さんと夕立の雨脚を眺めていた。よほど強い雨なのか庭の土に窪みができる、できては次の雨に消され庭は飽和状態になる、細い溝ができて低い方へ水が流れる、それを見ている間、お婆さんとのやり取りもなく無心だった。夕立が終わると何だか遊びが終わったような気がした。

# 雪

私の子どもの頃は十一月の半ばに初雪が降り、十二月になると木枯らしと雪がやって来て冬支度に忙しかった。薪を運んでいる父が吹雪の中で頑張っている姿を思い出す。十二月の半ばになると母はお味噌作りに入る。竈は豆を焚くため一日中火が燃えている。外は五、六十センチの雪が積もっている。

味噌桶には田舎の習わしとして、瓜の中をくりぬいて塩漬けのキュウリや紫蘇の実、茄子等を入れて味噌の中に漬ける。奈良の粕漬けのような色になり、お漬物とはまた別な風味でご飯のおかずにしていた。

大晦日には一メートルほど積もるのが毎年のことで、雪にとりかこまれて新年を迎える。大人も子どもも新年は新たな気分にさせられた。それは神様を祀るしきたりが主で、自然と家族は緊張していた。家の中のお飾り、ローソクに火が点り、庭には門松が立ち、火の神様、水の神様にお参りし、親も子もお雑煮を祝う前に、北集落の外れにある知井八幡神社にお参りする。

雪は道に積もっているが、人の歩いたあとは固まっていて凍てる。つるつる滑りながら八幡さんへお参りして家に帰ると新年を迎えた気分になる。

霙、粉雪、牡丹雪、霰、白の世界に杉林もこんもりと帽子をかぶったように白い。田畑の雪も凍てた朝は、子どもはまるでスケート場のように歩いた。

# アマゴ（天魚）

アマゴを神聖な魚と思ったのは十歳の頃だった。雪解けの川岸に立って釣り糸を垂らし、一日に一匹しか釣れないアマゴはよほどすばしっこい賢い魚だろうと想像していた。河内谷川の上流では誰でも釣れなかった。ところが少し水が緩やかになって我が家の下の川で弟がアマゴを一匹捕った。初めてその姿を見て「美しい模様のある魚やなあー」と思った。斑点が付いていて赤い色の点々もある。

味は全く関心がなく、その一匹を誰が食べたか知らないが（私は川魚を食べることができなかった）、しかし雪がまだ残っているときに釣りに行く人も感心で、めったに捕まらないアマゴもよほど気難しいと思っていた。三月の末になると釣人がせっせと河内谷の奥へ向かう。自分も釣ってみたいなあという憧れをもっていた。

後になって旅の夕食に養殖のアマゴが出た。美味しそうに食べている皆につられて食べると鮎より美味しい（人の好みにもよるだろけれど）。アマゴが好きになった。

生け簀《いす》に入っているアマゴを見ると灰色とピンクがかった斑点が美しい。簡単に食べられるようになってアマゴは鮎と並んで人気者だが、本当は河内谷川のような清流で、しかも春先に姿を見せる魚、天魚と言われるだけあって川の神様に守られているように思う。

# 蛍

蛍は川からネオンのように舞い上がり家の周りを楽しげに飛んでいた。子どもは菜種の殻の箒（菜種の花が咲き終わると、人差し指位の鞘に実ができる、その鞘を木槌でたたいて実を出したあとに残る菜種の茎と枝二三本束ねて箒にする）で蛍をつかまえる。

畑や田んぼの上を飛び交う蛍、梅雨の晴れた夜に蛍は空の星の数のように渓流と茅葺屋根の家を夢の中に誘い込む。

千切ったねぎの中に入れると光がさらに幻想的になるので子どもは太いねぎを探して中に入れては、ぽーっと光るのを眺めた。

戦後、化学肥料を田畑に入れるので蛍はすっかり姿を消し、「蛍狩り」もできなくなって村は淋しくなった。

これを心配されたM先生が各家庭で市販の洗剤を使う代わりに自家製の石鹸（廃油で作る）を配って使ってもらったところ、川の水が改善して蛍も少しずつ飛ぶようになった。私はそんな村へ案内してもらって蛍を眺めることができた。

闇の中でふわふわと飛んでいる蛍を眺めると心は身体を離れて蛍の光の方へと浮かび、闇を照らしているような気持ちになる。右京区京北町のゼミナールハウスの催しに参加した時のこと、M先生は別の場所へもサービスで連れていってくださった。

ありがたいことに小さな集落の小川の縁にも蛍が軽々と飛び交っていて、木の茂みの中まで入っていくのを子どもの時のように眺めた。

# 山の口

山は生活を守ってくれると同時に、一つ間違えば事故や死に至る危険性がある。「山の口」は山の神様にお祈りをする日で、春は四月初日、冬は十一月初日と決めて村の男たちはお神酒と白米をお供えして拝む。

それは山開きと山納めでもあり、ささやかではあるが欠かせない行事の一つである。

山の何でもない所に、ごく小さな祠があって、野の花が供えてあるのを見ると、誰かが山の神様を祀っているのだろうと思う。人が山間に住みついたときからまず山の恵みを受けつつも、山は手ごわいものと経験していた。うまく付き合うことの知恵をもつようになっても、山の神様を忘れない生活であった。

その一つに木を切ったあとは必ず苗を植えて山を守る。その手間ひまを怠らなかった。山の富を思い出してみると、
炭を焼くことができる。

杉、桧、松、を売ることができる。

春の山菜が豊富である。

松茸、しめじ、シイタケ等。

九月半ば食べられるキノコはほかにもあったが我が家では松茸、しめじ。

自然薯、むかご（自然薯の蔓にできる実）。

栃の実、栗、椎の実。

燃料の薪（風呂、竈、囲炉裏などに燃やす木）。

柴（田畑の肥料にする短い雑木）。

水（谷の水）。

日本は国土の七十パーセントが山だという。現在も変わらず山の神様は居てほしい。
大雨、火山の噴火、地震、旱魃の恐ろしさを抱えながら。

# 二

# 地名への興味

村の生活で地名は行動や意識の中に密着し、親しみをもって使われている。山の名、谷の名、野や田圃の名、「今日はヤン谷へ行く」とか「お母さんは奥の田にいはる」など、地名を言うことで土地のようすや人のようすが手に取るようにわかる。

子どもの頃、母の実家へ行く途中、「ふるぼう」という土地があった。「古坊」と書くのだろう。そこには家が建っていたと村の人から聞いた。聞法寺があった山も私たちは「ぼんぼう」と呼んでいた。坊とは僧侶が居住するところを言うのか。

河内谷の上の集落に「うえぼう」という屋号の家がある。姓は「長野」だが屋号はその家に初めて住む人に因んで呼ばれるから「上坊」と書くのだろう。私たちは僧侶のことを「おっさん」とか「坊さん」とか呼んでいた。

聞法寺のように大きな寺にはそれなりの僧や働く人がいて、比叡山やほかの村々と交流して生活の基盤を作っていただろう。それが急に(明智光秀によって破却され)行き場を失って河内谷に残る人、ほかの集落へ行く人、また旅に出る人など様々だっただろう。河内谷の人は残って暮らす人の家や土地を「古坊」と呼び、見守っていたと思える。その期間はどれほどだったのか、もう誰も覚えていない。

河内谷から中村や学校へ行くには由良川にかかる「蔵王橋」を渡らねばならない。蔵王橋を渡ってすぐ目の前の杉木立の中にある「蔵王神社」は聞法寺の守護のために建てられた神社で、聞法寺とかなり離れているが現在も残っている。

秋祭りには北集落にある知井八幡神社との間を御神輿が挙行する。

平成二十八年三月に廃校になった小学校のあたりに明治の初めまで「満願寺」があり、聞法寺が破壊されたあと、遺物の釈迦如来坐像や仁王像一対、本尊の御頭が安置されていた。満願寺がなくなったあとは蔵王神社の東に釈迦堂を建てて、明治の初めまでお守りしていたという。

村に残った僧はどんな気持ちで暮らしていただろう。僧は財産を持たず仏道に明け暮れしていたので生活も大変だっただろう。時には畑を作り村人も彼らを支えて尊敬しあっていたのだろう。「上坊」の初めはお坊さんだったのか。住み着いて農民になったのかと想像してみる。坊のつく屋号があるのは興味深い。ほかはたいてい世襲の名が付けられ、ちなみに母方の家は「嘉平」と呼び、私の生家は「喜代七」という。

「古坊」は今は土地だけの名になったが、おそらくこれからもその土地を「古坊」と呼び後世に残っていくだろう。

# 村の名について

私の子どもの頃の農村の暮らしは農繁期と農閑期がはっきりとしていて、夏と冬はのんびりしていた。植え付けた稲や野菜の成長を見守る夏、お盆を迎え遠来の客もあり、山間といっても暑いので家をあけ放ち、子どもは夏休み、時間を持て余していた。

冬は雪に閉ざされ、母は家族の着物や足袋の繕物に専念している。

「お母ちゃん、どうして知井というの」「どうして私の名は、きよえとつけたの」と聞くと、母は「きよえ」は「おばあちゃんが、今度生まれる子が女の子だったら―、きよえにしなさいと言っていたから」という。「知井はなんでか知らないけど、知見《ちみ》（集落の名前）は若狭から兵が押し寄せてきて戦い、血が流れたから知見というの」と言った。「ふーん」と聞いて幼い私の疑問は収まった。

知見は若狭、近江山城と国境を接しているため、戦国時代にはおびただしい戦士が通過し衝突し、多くの血が流れたと言われている。

知井の村は十一の集落からなっている。初めの集落から、南《みなみ》、北《きた》、中《なか》（中は村の中心地で学校、郵便局、役場、農協、旅館、衣類や食料品店等がある）、また由良川支流に架かる橋が二つあり、一つは河内谷へ行く蔵王橋、もう一つが下、知見へ行く合いの橋である。橋を渡らず由良川上流に向かっていく、学校がありその先には江《え》和《わ》、田歌《たうた》、芦生《あしゅう》、白石《しらいし》、佐々里《ささり》がある。どの集落にも子どもがたくさん生まれ、学校も賑やかだった。

山々の谷あいに人が住み着いたのは、いつの頃か定かではない、その集落の名前も。滋賀県、福井県、京都府の県境に位置し、農林業が主な土地、「知井村史」によれば『奈良時代地名を漢字二字で表記させる政策があった。「ち」を伸ばして「ちい」即ち「智伊」または「知井」となったらしい。

また氏神「知乃社」は八六八年には「知位神」と、日本三代実録に記されており、九二七年完成の延喜式では「知伊神社」と現在の社名に確定している。』

人はどこに住むにしても怪我や病気を恐れ、闇や霊魂を忌み嫌って、まず神を祭りそこに名を付けたのではないか。

また、生活の場である山、川、そして火、命を守ってくれる一方で命を脅かすこれら尊大なものに祈り、守ってくれることを願わねばならない。まず社を作る。その名を「智乃社」「智伊神社」略して呼びやすい「知井」となったのではないか。

『不思議にも「出雲市知井の智伊神社、兵庫県市島町の知乃神社、韓国の慶応南道の西端に智異山があり、北桑田郡（今は南丹市美山町）の知井と北緯三十五度線にあり、これらの地域の人々はみな同じ生活文化をもっていたのかもしれない。』（「知井村史」より）

# 知井十名《じゆみよう》

知井十名の謂れは確かな記述があると「知井村史」にある。

河内谷の南東の山の中腹に「聞法寺」があったとき、般若心経を輪読していた。

「知井村常住大般若経」といい、その書き込みに「十名」が記されているという。

「名」は庄園の分割支配の最小単位で、知井では庄園制が崩壊して徳川幕府の封建制度が確立されたあとも十名は使われてきた。大牧、高野、長澤、中田、勝山、林、長野、名古、中野、津本の姓は平成の今日も受け継がれている。

『伝承』によれば、「和銅六（七一三）年、天変地妖が続くのは丹波の深山にいる八つの角をもつ大鹿が起こしているのだと、天皇は甲賀三郎を祀った。これが知井八幡宮であり、甲賀三郎に付き従ってきた兵士のうち、この地にとどまり永住した人が知井十名の祖である」という。

また一七四〇年、園部藩への提出に、『当八幡宮がいつから始まったかは存じませんが天皇のお后様のご不快が続き、占ましたところ北丹波山にいる八股角の鹿の生肝をお食べになれば本復するとのことで、甲賀三郎兼家公が狩り人を連れて、山国から小塩、広河原へ入り、狩衣をかけて休んだ峠が衣掛峠、栃柳谷で矢を放って血に染まった石の谷を赤岩谷、追い下った谷を、おわ谷、川端で矢をためた石をため石、その先の熊原で大鹿が大石の上をのめって通った跡が雪をあおったようになったので、あおり石、その先で射止めた時、馬が転んだところの石を、ころび石、その先で鹿を料理した石を俎板石と申したのですが、先ごろの洪水で出合の下まで流れてしまいましたので、そこを俎板石の淵、鹿の肉を煎った淵を釜原と申し、それより下りられて佐々里村の八幡宮の前で休まれたとのことでございます。』とある。

地名や姓が伝えられ、受け継いでいく生活があたり前のようであったが、過疎が進む村では一軒また一軒と空き家になる。どのようにこれからの歴史を伝えていくのか、十名の人たちと、移住して知井の自然を愛する人たちと、共に生かされる心の広さが基礎にあり、自然の豊かさを守り育てていくなら、歴史は後世に伝えられていくだろう。

# 河内谷の御所ヶ谷（伝承）

河内谷集落の中心地「上ン庄」を過ぎて、どんどん奥へ入る。道は山の仕事のために川に沿って奥へとつづいている。谷には名前がついていて「御所ヶ谷」もその一つである。逆に弓削の深見峠から河内谷の岩滝峠を越え道を下ってくると御所ヶ谷の横を通る。母は言っていた。「大きな一枚岩があってな、昔々、皇子様が住んでいられてー」。春や秋に山の幸を採りに村の女性たちと何回も行った母、御所ヶ谷の近くの大菰《おおこも》に家が十数軒あったという。そういえば家の跡らしい地に石垣がわずかに残っている。

言い伝えによれば、允恭天皇の長男、木梨軽皇子は天皇につかれると決まっていたが、弟の穴穂御子に追われる身となった。そのわけは同腹の妹、衣通姫《そとおりひめ》と仲が良く、人も羨むような二人なので――禁断の恋ではないか――と疑われ命を狙われた。古事記には弟、穴穂御子に捕らえられ伊予の国へ流されたとある。一方、木梨軽皇子の墓は河内飛鳥、現在の羽曳野市軽里の蜂ケ塚古墳といわれている。

衣通姫は古事記には同腹の妹とあり、日本書紀には母親（皇后）の妹とある。当時は皇后の妹を天皇に奉ることがあったらしい。衣通姫は衣も通るほど光り、心は優しく賢い女性であった。兄と仲の良いことを人に羨まれ、弟に王位剝奪の理由にされ、命まで狙われた皇子を慕い悲しんで死んだとある。

皇子はどうして弓削の奥（それは河内谷の奥にもなる）の山中の洞穴に隠れられたのか――誰かが導きお命を助けたのか、大阪に「河内長野」というところがある。何かの繋がりがあって、山の中へ姿を隠されたのか、想像の域を出ないが、ふと通りかかった村人があった。どこのだれかは知らないが酷くやつれ、空腹なようすに食べ物をさしだし着替えの着物を運び、信頼が生まれ、何と十年間過ごされたのである。そこを御所ヶ谷という。

皇子は自分の知識や技術を村人に教え、山々を歩いて心を慰め、いつの頃からか近くに家が増えていた。そこを大菰というらしい。山の中にも狭いが畑にするくらいの土地はあって、皇子は御所ヶ谷に十年住んで後、隣村の平屋の大内へ行かれた。地図で見ると大内は尾根を通ると御所ヶ谷から案外近い。大内はまだ開墾されていないと知り村人と共に土地を耕して田畑にされた。そこを「軽野」という。

その後、川下へ行き荒れ野を見つけ耕され、人々を助けられた。板橋村の「野々村」もその一つである。皇子はここに祠を建てられて、「神武天皇、五瀬命」を祀られた。亡くなられたのは七十三歳で、野々村の人々は皇子の徳をたたえ祠に合祀した。現在の「道祖神社」の始まりとなったといわれている。

# 大般若経全六百巻

遠い昔のことは歴史書から知るほかはない。

私も「知井村史」によって先人の調査や言い伝えられたことなどを読み、ずいぶん知井の歴史を知ることができた。

拙個人誌「知井」に「聞法寺」に残された遺仏を書いてきた。大般若経六百巻も現存していると知った時、知井村だけでなくこの村を通行する旅人、商人、隣村の人も聞法寺を文化の中心にしていたことを知った。

中世、知井には十一の集落のほかに、まだ樵、木地師の集落があり、宗派は禅宗、日蓮宗、真宗などあったが、宗派を超えて隣村の人も大般若経の転読に加わり、仏教について理解を深めていたと書かれている。日吉にダム（美山町日吉）が造られる時、水没することになった日吉町世木《せぎ》林《ばやし》集会所に所蔵されていた大般若経六百巻（そのうち十三巻は欠巻）を、私は写真でしか見ていないが、かなり良い紙を使っていたにちがいない。あまり虫喰いも見られず、墨筆の文字がきれいに残っている。このお経の余白に書き込まれた覚書のようなものが、当時の人々の暮らしや思いを伝えてくれると「知井村史」に書かれている。各巻末には「智伊村安置御経也」と書かれていたり、「智伊村聞法寺常住安置御経」と書かれているという。

一五七九年、明智光秀によって聞法寺が破壊されたあと、残された仏像やお経を守るために村の寺（万願寺）やほかの寺に――各集落には必ず小さなお寺があった――移され親しく読経されていた。

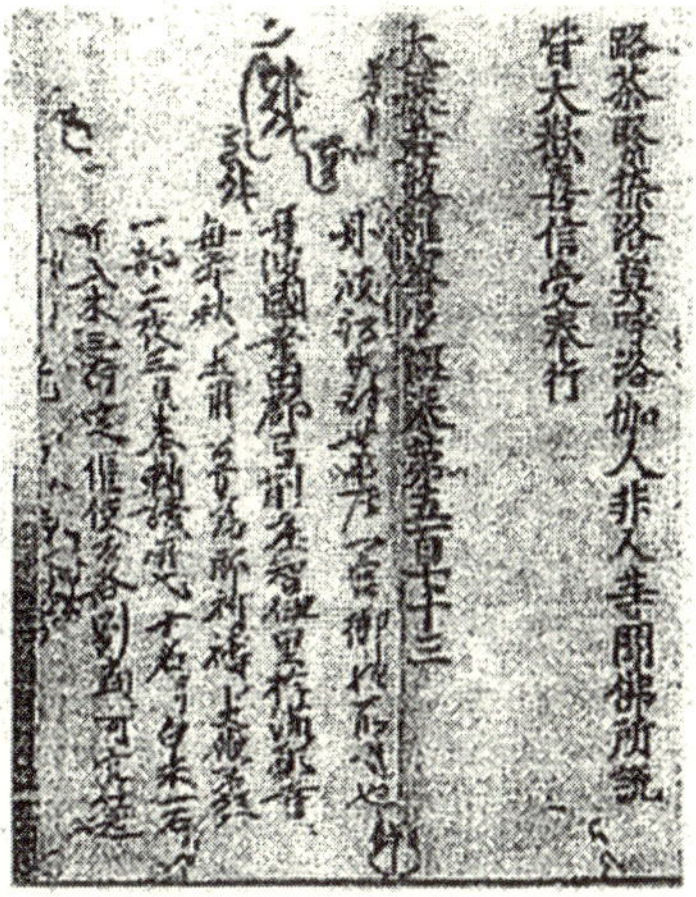

大般若経

「万願寺に、毎年秋の土用に公方御祈祷のため、大般若経一部を二夜三日かけて転読する。十名（村に住む人の名字、東、高野、長野、急は後に名古、勝山、中井、林、中野、津本、中田）より、白米一石、入り木三荷を定めて……」

と書かれていたり、お坊さんの名、年貢のことなどちらほら……興味深い書き込みがあるという。

「中世に天竜寺は弓削村と智伊（知井）の荘園主で、聞法寺に天竜寺の僧の名が書き込まれている。天竜寺は大陸との交流が盛んで、聞法寺にも大陸の僧や彫刻技術をもった人がたびたびやって来て、思いもかけない交流をしていたと想像することができる。

京都から若狭へ行く人、若狭から知井の集落である知見、中、河内谷の間道を通る人たちは互いに情報を交換して、たのしく活気に満ちた生活をしていたにちがいない。

いろいろな時代の変化を潜り抜けて大般若経は、聞法寺が壊滅したあとは中村の万願寺、さらに万願寺がつぶれた跡地には釈迦堂（仁王堂とも言った）を建てて守り、明治の初めまで知井村にあったが、その後、どんな経緯を辿ってか、大分離れた村の日吉町で守られていたことがわかった。」（「知井村史」より）

よく残されていたことと不思議であり、村人の苦労と愛情が偲ばれる。

# 尼寺があった

村の寺院も時代の波を受けて無住寺の頃があったとはいえ、知井の十一の集落（芦生はまだ集落ができていなかった）には一つ、多い所では三つの寺があった時代、尼寺もあって封建的な女性の暮らしを慰めていたようである。その名残が、「観音講」として現在も女性たちに受け継がれている。

私の子どもの頃を思い出すと、昼間は忙しい主婦たちが家族の夕食も終わり、ひと風呂浴びてさっぱりと着替え、「こんばんは」とやって来る。持ち廻り当番の家へ。その家では数種類のおかずを作って待っている。みんな揃うと座敷の仏壇の前で般若心経と御詠歌三十三番を上げる。そのあとは居間で車座になり、女たちの雑談が始まる。巧みな話題と素朴な聞き手が相まじって笑い声が満ち、夜ふけに帰っていく。疲れも吹っ飛ぶコミュニケーションの機会となるのだった。

ほかにも「苗講」というのがあった。「観音講」より規模が大きく、家へ廻ってくる回数が少なかった。集落全体で行われていた。

また、「愛宕さん参り」「お伊勢さん参り」等あって、当番がお参りするために、その費用を少しずつ貯える「お講」もあった。

中世の十一の集落のお寺を挙げると——

南　福正寺

北　普明寺

中　継福寺　満願寺

下　心連寺（古坊・念仏谷の地名が残っている）

知見　知美寺（知見寺）→本像寺

河内谷　昌徳寺　聞法寺

江和　万昌寺　清眼寺　瑞泉寺　観音寺　頤中寺
田歌　洞雲寺
佐々里　最勝寺
白石　（白石は佐々里に属していた）
芦生　正明寺

江和には寺が四つもあったうえに「古坊」とか「〇〇院」とかいうのがあった。河内谷、下には土地の呼び名として「古坊」が残っていた。

千年以上前から山村の小さな集落にお寺があって、人々の信仰は素朴なものであったとしてもいろいろな苦しみ悲しみを慰め、また規律や連帯性を守る役目を果たしていたと思える。

「――頤中寺は文化七（一八一〇）年に北桑田郡の三三ヶ所霊場の一つとして選定されている。現在、江和の万昌寺の本尊の脇壇に安置されている観音像はもと頤中寺の本尊であったらしい。

室町時代に観音寺があった。その跡地にできた頤中寺には尼さんが住み、女性の観音信仰を育んでいた。時代の変化でその寺が維持できなくなってからは、女性の生活にもっと近く、輪番制で家々を廻る『観音講』という習慣が根付き現在も生きている。——」(「知井村史」より)

# 租税について「一」

知井の昔、伝説や記録で現在まで残るのは、古くは八股角鹿、木梨軽皇子の御所ヶ谷、七堂伽藍の聞法寺、中世の寺や神社、氏十名は詳しく「知井村史」に書かれているのだが、知井がどのような権力者や国の下で生活し、何をもって税を払っていたのか詳しくは解らない。

「知井村史」を書いた人たちもかなり苦労して資料を探されたと思うが、私も何度読んでもはっきり掴めないでいる。その頃も為政者の変化がたびたびあり、そのたびに納める方にもかなり混乱が起きたのではないだろうか。

おおよそのことだけ以下に書いてみたい。

初めに、「知井」は古くは「智伊」という字で書かれていた。
智伊の河内谷（私の生まれた集落）の奥の峠を越えると「弓削」という村がある。弓削は深見峠を越えたところにあり、南の方角である。
智伊は「弓削村」のなかに入っていた時代があったので聞法寺の大般若経の転続も、弓削の人たちが来ていたし、税も弓削の中に加えられていたという記録がある。現在、知井の奥に芦生や佐々里という集落があるように、弓削の奥の智伊とみなされていたのだろう（弓削は土地も広く、京都寄りに周山がある。現在は右京区京北町となっている）。――（「知井村史」より）
「京北町古文書集」の「鳥居家文書」（江戸時代天明二〈一七八二〉年に書かれたもの）の中に、

丹波桑田郡山国・弓削両庄御杣御領の由緒
『時に桓武天皇の御宇、平安城へ遷都以来、丹州桑田郡山城・弓削両庄は内裏の御杣御領地に仰せつけられ、七十二名の家を置き給い。則ち南郷においで三十六名の者へ苗田七十九町二反矩下され給う。』

とあり、木々が豊かな地へ人々を遣わし、平安の内裏の建築材を調達するための重要な地域であったのだろう。

庄園は公家や武士など権力のある家の私的所有による土地の支配のこと。

智伊はおそらく平安京の造営がなされた延喜十三（七九四）年の頃以来、弓削の地域とセットで、初めは天皇家の大切な「御杣」、あとには庄園として中世のある時期まで置かれ、経過したのだろう。

「御杣」とは田租（水田からの収穫物を対象にした貢租）の代わりに着目された土地で、木を植え育て献納し、納税の役目をした。

先の鳥居家文書で「平安遷都以来内裏の御杣御領」とされたというのは頷ける見方だろう。

奈良の都は吉野の山々を背後にもち、都を造営するたびに木材を調達できただろうが、平安京の造営には北部のわりと近場の山国・弓削と智伊が重要な役割を果たしていたようである。

現在からは想像もできないが、長い間普通の民家はほとんど木造であった。生活の用具も木や竹で作り、橋、農具、柵、水路の垣など木を使って生活していた。田畑の少ない智伊では木材をもって納税したようである。

# 租税について「二」

平安京の造営の延暦十三（七九四）年の頃以来京都府山国、弓削地区は山林が豊かなため「御杣」だった。御杣は田租（水田からの収穫物を対象にした貢租）の代わりに山林の材木を得ることを目的とした土地であった。

知井は弓削の奥に位置し、深見峠を越えると知井の河内谷集落になる。

河内谷の山の中腹には七堂伽藍「誾法寺」が西暦八百年頃から一五七九年頃まであり、堂宇は明智光秀により破却されたが、釈迦如来座像と仁王像が残っていた（釈迦如来座像は周山の慈眼寺に、仁王像は長谷寺の山門に現在もある）。後に大般若経六百巻が日吉ダム建設に際して見つかった。

大般若経は村人が転読法会を行い、弓削の人も参加していたこと、僧の名前、その時々のメモが記されているという。――（「知井村史」より）

知井は若狭と交流が盛んで、昭和の初期まで利用された道は河内谷の奥の深見峠を越えて弓削へ至り、弓削から周山、京へと向かった。

材木もこの峠まで人足で運び、弓削川上流から桂川へ流した時代があったと聞いた。前置きが長くなったが「知井村史」には建久二（一一九一）年の長講堂目録（長講堂とは後白河上皇が六条西洞院にあった邸宅の中に設けた持仏堂から発展したもので、自ら集中させた庄園をこの持仏堂〈長講堂〉領とされた）に弓削庄（知井も含まれている）に割り当てられた役務が書かれている。

正月行事　（元三雑事）用の簾《すだれ》が六間・御座六枚・殿上用の紫畳《むらさきたたみ》が二枚・侍所《さむらいどころ》の垂れ布が一段《いったん》

二　月　彼岸のお布施の布四段

三　月　御八講の砂（金?）三両

四　月　　更衣の紫畳が二枚・弾碁《たぎ》・囲碁局を各一局

五　月　　下旬の五ヶ日　門兵士を楊梅面と油小路面と

八　月　　牛三頭用途（米？）七石二斗

十一月　　続松《たいまつ》千把《ば》（閏《けい》月ある時はさらに百把《ば》）

他に　　毎月十二日　廻り御菜《おな》

節器物　　尺支（杓子）六支

移花《うつしばな》＊　　二十枚

（「知井村史」より）

＊移花とは露草の青い花を絞って紙を染めたものとか、弾碁は「いしはじき」という遊び。囲碁はこの時代からやっていたらしい。紫畳は藺草《いぐさ》を紫に染めて編んだのか、布は麻か絹か、たいまつや杓子は材料に事欠かないが、いずれにしても都まで四十～五十キロの道、悪天候の日もあり大変だったと思う。

# 奨学制度があった

過去の歴史を見ても地域の合併や地名の変更はあった。京都府北桑田郡の地名で長い間親しんできた私の故郷は、平成の合併で京北と美山に分かれ、さらに京北は右京区に美山は南丹市に合併した。若い人は記録を読むか、老人に聞かない限り昔の地名は分からないだろう。

北桑田郡といわれて南と北が親しく交流していた頃、大正七年二月「奨学金規程及び予算」が郡会で討議され、翌、八年から支給開始、五ヵ年間に五万円の基金蓄積を行うことになった。

第一回は三名で、年間百円支給、資格は郡内に五年以上居住する者の子弟で、学業、身体、品行意志力等、奨学生にふさわしい者であった。

奨学金の返還義務はなし、ただし、成功後の返納を妨げとしない、という制度であった。

支給の公正をはかるため、「審査委員会」を設置して運営をしていたが、大正十二年九月一日の郡制廃止によって、「財団法人北桑田奨学会」に基金を移した。蓄積された基金は四万八千六百円で当初の目標をほぼ達成していた。

昭和十四年まで述べ人数は四百八十五人にのぼっている。――(「知井村史」より)

奨学生は初期には教師の養成に力が入れられ、後には各分野に及んでいる。知井での奨学生は述べ四十人の採用を受けたことになっている。

比較的経済にゆとりが見られた昭和の初め頃、知井村独自でも奨学制度が設けられ、昭和三年十月の村会で議決された。目的は学校教育の後援、青年男女の後援、自治会と連合しての社会教育振興をはかるというのであった。

それまで進学は一部の地主か富裕層に限られていた。普通の家庭では長男は家に残って農業と林業にいそしみ、次男以下は村に残る者は少なく、都会へ出て働くのがほとんどだった。

このままでは地域に有用な人材が育たない。地域の将来を考えて、就学奨励のための基金作りがまず大切であると考えられた。

知井の場合でも情報はかなり敏速に入り、都会との格差も意識されてきた。能力がありながら、進学を断念する生徒を、次の時代を担う人材として育てる熱意は、募金に応じる人にも伝わるという気運の高まりがあり、生徒にも刺激を与えた。

郡奨学会と知井奨学会が設けられた時代は、例えば教育者として、村の役場や集落の指導者として働き、都市との交流や情報の判断に、不況時や災害時の対策に活躍し、活気をもった村づくりが進められた。

しかし昭和の不況と、第二次世界大戦により、奨学制度の維持も困難になり、いつの間にか機能を果たさなくなった。

戦後は山村も交通事情がよくなり、生活も機械化と合理化が進んで、親は子どもの教育に夢をかけ、進学率が上がった。

# 教育　――校舎について

私が通った小学校は木造二階建てで講堂は正面、一・五メートルの高さに広い舞台があり、学芸会や入学、卒業式に使われた。天井は高く、雨の日のバレーボール、ドッジボールなど、のびやかに遊んだ。

講堂から教室へ通じる廊下は幅二間、中庭の池を眺めたり、廊下に貼られた絵を見たりして上級生と話せる機会もあった。また、一階の教室から二階への階段はゆったりとした幅であった。

山林の豊かな地であっても、村はかなり大きな出費をして、桧をたくさん使った校舎を建てたと、父は家族に誇らしげに語っていた。

起工式は昭和十年十月三日で、講堂は雪のため翌十一年三月三日に棟があがった。昭和十年は私の生まれた年。

「知井村史」によると『不況を経験し情報がふえていくなかで技術や学問の大切さが改めて理解されてきたのではないか。何とか自分たちの手で建てたいという思いがあったのではないか。

棟梁は基礎工事で一間以上掘り下げ、松丸太の組み方で振動を分散させる技術を、設計技師について大寺院の建築から学んできた。合わせて、雪の圧力に耐えられ伸び縮みする合掌の組み方も勉強した。

また、請負業者と野口増太郎、林浅次郎たちは良材を手に入れるため吉野〈桜井〉木曽（大垣）あたりへ桧の買い付け、村有林からの良材の伐り出しを指揮して行った。

知井村で三番目にあたる新校舎は村立であり、府からの補助は出なかった。』

大事業であるから、

『学校建築により村の財政破たんを招かないこと、山の荒廃の恐れが無いこと』を肝に命じた。

予算は、

立木売却　三万六千円
積立金繰入　千二百三十円
繰越金　七百二十円
寄付金　四千円
村費　二千四百五十九円
児童農園収入　二百円
計　四万四千六百九円

建築の広さは、

小学校校舎二階建　延二百九十坪
講堂　九十四・五坪
職員室棟他　七十六坪
計　四百六十・五坪

付帯工事として玄関前の道路の建築工事は軍人会、青年団員百二十名の労働奉仕、中庭二十坪の池は五年生以上の男女によって放課後の作業で完成させている。旧校舎の材料は、僻地の芦生、白石、佐々里の高等科生の通学寮（耕心寮）、青年道場、農園倉庫類を建て運動場整備、水道工事も同時に行った。

私たちは雨の日は講堂でボール投げや鬼ごっこをしたが、ガラスは割れないようになっていた。運動場は、雨が降っても水溜まりができない。さらっとした黄土色だった。

真ん中に桜の大木があり、咲くと見事だった。この桜は前校舎があった時のものにちがいない。

運動場から校舎へ行く広い階段はコンクリートだった。階段から職員室へまわる土手にも染井吉野の木が何本かあって華やかに咲いた。

中庭の池はプールのようであったが使うことなく、廊下から乾いた池を眺めて何かを想像していた。

戦争中であったけれど子どもたちは学校が好きで、教室はいっぱいだった。

昭和一桁台の生徒数は、
昭和四年　　二百三十一名
昭和八年　　二百四十一名
昭和十年　　二百五十五名

子どもは労働を助ける大切な一員で、農繁期は学校を休む子どももいた。一方で子どもの数は増え、知井村の将来にはまず校舎が大切と村をあげて取り組まれた。

学校と役場は近くにあり、校長や村長との話合いが時々もたれたという。私の低学年の頃、父は役場の仕事が終わると学校に立ち寄り、先生と話したり生徒の作品などを眺めて、家へ帰ると『今日は習字が貼り出してあった』などと、うれしそうに言った。

# 由良川　――水害との闘い

子どもの頃、川はいつも視野の中にあり、瀬音をたてて流れていた。その名は由良川。知井の一番奥の村、芦生を源として西に流れ、和知、園部を流れて、福知山で北に転じて宮津市、舞鶴市を左右岸に望みながら日本海へ注ぐ長さ一四六キロメートルの一級河川である。

上流部は勾配が急で、渓谷や河岸段丘が発達し周辺の山々に溶け込んだ山間部特有の景観を形成している。

生活に欠かせない川であるが、水害との闘いでもあった。私の子どもの時の水害も記憶に鮮明に残っている。自然災害と人間の闘いは、いつやって来るともしれない台風を恐れ、特に稲刈りの九月、十月は無事を祈って急ぐ大人の姿を見て身が引き締まる思いだった。

私はヘスター台風、ジェーン台風の被害に家族全員と田んぼに流れ込んだ石や木を退けた。家は高台にあるので幸い浸水を免れた。

しかし川の変化を小屋の窓から見て、水の恐ろしさを劇的に感じていた。川幅を広げて赤茶色の水が渦を巻きながら流れる。木材、家具、家畜も流されていく。それは恐ろしい自然の急変であった。

水害にあって生活が困窮し、村を離れる家族があったという。ようやく残っても貧困で苦しむ人が多く出た過去がある。

「知井村史」を見ると記録では、

一八三七年　天保八年八月十五日
　洪水家出、田歌七戸三十四人、下一戸二人
一八四八年　嘉永元年　十二日夜から大洪水
一八六一年　文久元年　七月十日　夜洪水

一八六八年　慶応四年七月　夜洪水
一八七〇年　明治三年九月　洪水
一八九六年　明治二十九年八月三十一日
　　　　　　大洪水　橋ことごとく流失
一九〇七年　明治四十年八月二十五日
　　　　　　丹波大水害　綾部、福知山方面被害甚大
一九三〇年　昭和五年八月一日
　　　　　　南、田歌大橋の流失
一九三四年　室戸台風
一九四九年　昭和二十四年七月二十九日
　　　　　　ヘスター台風、風水害、雨量四九〇㎜
一九五〇年　昭和二十五年
　　　　　　ジェーン台風　風水害　家屋倒壊　倒木多数
一九五三年　昭和二十八年九月二十五日

大水害　雨量五〇〇㎜
一九六五年　昭和四十年九月十四日
台風二十四号　雨量五日間で五一八㎜
一九八二年　昭和五十七年八月一日
台風十号　豪雨　土砂崩れ
一九九〇年　平成二年九月十九日
台風十九号　猛雨、雨量二八四㎜
二〇〇四年　平成十六年十月二十日
台風二十三号　水害対策として大野ダム建設
二〇一一年　平成二十三年九月
台風十五号　豪雨　倒木多数

由良川は清流で魚の姿が見える。草も豊富で春の摘み草を楽しんだ。こごみは春の河原に姿を見せ、珍味として今も喜ばれている。

しかし洪水は無残にも田畑を荒らし、石や木屑などを積み上げる。復興には家族そろって働き、村や府の応援も早かった。不思議に田んぼは蘇り、翌年はまたイネが植えられて心地良く眺めた。それだけ田んぼが大切にされていた楽しくも厳しい時代だった。

# 木地師《きじし》

木地師は山の中で木の器を作る人である。できあがった器はお椀、お皿、お盆、お鉢、杓子などで、ある程度の量ができると町へ出荷する。漆を塗る人は素地の器に漆を塗って完成させる。

知井の山にも木地師が生活していた。私は小学校へ上がるまでたびたび祖母の家へ行くと、家の前で陶器市があり面白く眺めた。普段の食事には陶器や磁器の茶碗を使っていた。お正月に叔母さんが木の素地のままの一抱えもあるボールでお餅をまるめているのを見て新鮮な感じがした。叔母さんは器に対する愛情のようなものをもち、使い慣れていた。母に聞くと木地師の娘さんだった。

山で様々な雑木の中から良材を選んで器を作っているのは興味深い。私はその山へ行ったことはないが木地師の話を大人から聞いていた。その娘さんを嫁に迎えた祖母の家に見慣れない器がほかにもあった。実家から貰ったものであろう。叔母さんは娘四人と息子を一人産んで家の中心となったがおとなしい女性だった。

「知井村史」によると「木地師は惟喬親王をいただく近江小椋谷（滋賀県埼郡永源寺町）の「筒井公文書」または「高松御所」の認める氏子となって山間を自由に移住して、その周辺の樹木の利用を公認されていた」という。

一六六五年寛文五年の中山周辺（京都府知井芦生　現在京都大学研究林内）に木地師の家が四十一戸もあった。また知見八ヶ峰周辺から佐々里、河内谷奥（私の生まれた集落）に至る稜線あたり一帯に木地師の人々の住居していた記録があるが、江戸時代は彼ら山上の人々の領域は村の人からは「他所から来た人で旅人のような」感じがしたという。おそらく製作に忙しく里へはなかなか下りてこられなかったのだろう。

芦生の京都大学研究林へ行ったとき、滋賀県朽木村の境界に近いところに山にしては広い平地があった。中山という土地で眺めると芦が繁茂している中に細い木が一本見えた。

説明で、「杏の木が一本見えるのは、木地師が住んでいた頃の名残と思われます」と言った。家の跡形もない芦原に木が一本、淋しい風景だった。

山で自由に木を選び小型の機械で器を作る仕事は家族も仲間も協力あってのことであり孤独な暮らしだっただろう。冬は厳しく、春や秋の山のにぎわいは格別であっても村人との関わりをもてずに暮らすには、旅人のように不安もあった。生活必需品を買いにいくにも病人を医者へ連れていくにも困難があったにちがいない。

祖母の家で息子の嫁に迎えられたのは息子が見初め祖父母の理解があった。叔母は家事や田畑の仕事をする一家の主婦となり、私は「おばさん」と呼び、従姉たちとも仲良くしてもらった。

第二次世界大戦が始まると村は戦争協力一色になり、木地師もその頃、山からどこかへ去っていった。ただ今でも彼らの名残がある。加工用材に使った木が残っているのである。「栃、桂、桑」それに「栗、松、桧」は木地師の扱う樹として木地師に売られていたと思われ、当時も盛んだった炭の材料にされず、自由な伐採を禁じていた。

　そのおかげで今でも芦生の森へ行くと栃の大木や桂の巨木が年輪を重ね、私たちを圧倒させる生命力、神秘さえ感じさせる。

# 三

# 野の花　山の花

野の花はまだ道がアスファルトでなかった時、春から夏にかけて馴染みの花が咲いていた。春は蓮華、タンポポ、スミレ、馬酔木の花、暖かくなると蛍草、ねじり花、梅雨には卯の花、谷うつぎ、アザミ、ノカンゾウ、キンポウゲ、ツリフネソウ等、秋にはノコンギクの花、萩、ススキ、フジバカマ、ヨメナの花等。

草の繁っているところには小さな花が咲き、母が朝方牛の草を刈ってくると、草に花が混ざっていて露にぬれて美しく見えた。赤や白のゲンノショウコは特に好きだった。

ままごと遊びには野の花を摘んで遊んだが、私はままごとはあまり好きでなかった。それよりも咲いている花の傍に立って眺めるのが楽しく、いつまでいても飽きない気持ちだった。ねじり花や蛍草は道端によく咲いていた。

山の花は春先の辛夷、梅の花、山桜等、遠く眺めて解放感を味わう。近くの藪に椿が咲く、葉は濃い緑で花は赤い。愕から落ちるので大人は忌み嫌っていたが、赤い花に引きつけられ、枝を折っては家の入口まで持ってきた。

五月の暖かさで藤、つつじが次々に咲く。桃も濃いピンク色で明るく浮き浮きした気分になり田植えの忙しさに子どももじっとしていられない。山帽子の一面に白い花、苞《ほう》の大きく白い花、谷沿いにはピンク色の谷空木が威勢よく咲いている。ツルアジサも山の中へ入ると目を引く花。

六月、梅雨が過ぎ、里山の低い柴のなかに現れる山百合は木陰にも咲く。香りは強く涼しげな姿で、時々二股が咲いていると、仲良しの友達のようにうれしい。

私は百合が咲いているところへ行って眺めるのが好きだった。ある日、誰かが百合をたくさんとってきて甕に入れた。玄関に置いて飾ると豪華だったが、案外早く萎れるので、山で活き活きと咲いているのを見る方が美しさを感じる。

木々はみな花をつけるというから、それぞれ小さな花をつけて実の膨らむ夏、栃餅にする栃の花を子どもの頃は見なかった。近くに木がなくて、村の主婦たちは河内谷の奥にある栃の大木のところまで行って栃の実を拾った。

母が「栃のたくさん拾える木があって本当にたのしい」と私に言ったことがある。花が咲く五月はどんなに豪華だっただろう。私は都会の街路樹で初めて花を見た。円錐形に乳白色の小花が付く、ローソクのような可憐な姿である。

フランスへ行くと栃にそっくりな「マロニエ」という木に花が咲いていて、公園や教会にマロニエの木々があり、どこへ行っても花が咲いていた。どうしてこんなに栃の木が多いのだろう、苦い実の食べ方を知っているだろうかなどと思いながら眺めた。

美山町（知井）の奥にある芦生の森に栃の木平があり、栃の木ばかりが何本も生えている。花や実がなる頃、行ってみたい。

森に入れば木々は春から夏へ、まだ見たことのない花をひっそり咲かせているだろう。

# 桑の木の思い出

家の前は桑の木畑で夏に濃い紫色の実がたくさんなった。青々とした桑の葉と赤紫の実がなる畑で、一人遊びが楽しかった。実は「あまりたべたらあかんえ」と親から言われ、こわくて五、六粒しか食べなかったが、お腹がいっぱいになるほど食べてみたかった。家の小屋や部屋の一部に棚を作って蚕を飼っていた。父母は田植えが終わるとホッとする間もなく「タネ」（蚕の卵）をもらってきて、卵が幼虫になると桑の葉を与えて見守った。私は虫は気持ち悪く好きでなかったが桑の葉を音を立て食べる蚕のようすをのぞき見していた。背伸びして棚のうじゃうじゃした蚕の上に桑の葉をのせてやると蚕は旺盛に食べつくす。

戦争前の短い期間だったか、村はこぞって副収入のために蚕を飼って、繭になると集落で集めて出荷していた。戦争と戦後の慌ただしさのなかで、世の中の風向きが変わり、あっという間にこの仕事はなくなった。

蚕の棚は取り外された。何という早変わりだろう。

桑の木も切って根を掘り出し、明るい畑になって、ジャガイモや大根が作られるようになった。

私は旅行や用事で他府県へ行き、藪の中に桑の木を見ると何故かなつかしく立ち止まって眺める。養蚕の盛んな時代の名残だろう、手に取ってみると葉は艶があり、薄くて柔らかい。子どもの時に身体に沁みこんだ感覚、それとももっと昔から蚕を飼っていたＤＮＡだろうか。

# 養蚕の歴史

『日本での養蚕は弥生時代、中国から朝鮮半島を経て始まったと推測されている。古事記や日本書紀にも、養蚕にまつわる記事が見られる。

日本の養蚕は北九州から始まり近畿まで、西日本一帯へと広がっていく。

一六八五年、中国から輸入する生糸は大幅に制限され、桑の栽培と養蚕を関東、東北まで広げて、生糸の需給を達成させた。生産された生糸と絹織物は、幕末から明治、昭和初期（第二次世界大戦の時期に至る）まで主要な輸出品となった。』


〈「蚕（カイコ）と健康」— 養蚕の歴史（日本）＝江戸時代まで＝〉

河内谷も桑の木を植え、養蚕を盛んにしたのは昭和初期までのことだった。いくらかの収入になり、桑の葉が足らない家では、わりとあちこちに桑を植えていた我が家に貰いに来て、みんなで育て方を教え合い養蚕に励んでいたと父母から聞いたことがある。

町村合併になる前は、京都の北部を、南桑田郡、北桑田郡といって、京都へ出た娘たちへの手紙に（父や兄の住所は）「北桑田郡知井村河内谷」と書かれているのを見るとずいぶん昔のことながら懐かしい。村々には地名にするほど桑畑があったのだろう。

信州の上田も養蚕が盛んだったという。旅で見る養蚕施設が母屋の横や裏に今も建っており、使われていないのに過去の旺盛な養蚕のようすを想像することができる。

# 挨拶の習慣

道で出会っても、どこかの会で出会っても挨拶は自然にできる村の社会、今朝、会っていても久しぶりであっても挨拶一つで気持ちが和む。親しい人には幾らか言葉が多くなる時もあれば、会釈だけで充分な時もある。

しかしこの挨拶は結構むつかしい。都会に出てから、特に社会人になってから失敗することがあって、不自然さを感じたり不愉快な気分が残る時がある。

無視されたり横を向かれたりする時だってある。「おや?」と思うときや、棘のように痛い時もある。しかし時がたってしまうと忘れている。

「ああ、よかった」と気持ちはほぐれて言葉を交わしている。

時々、動物はどうなのだろうと思う。人間は複雑で変わりやすい。知らない人がほとんどである都会では、無言で歩いたり買い物をしたりしている。人が多いから、それに知らない人に挨拶するのも不自然だからと、皆思ってしまっている。この間はちょっと驚いた。コンビニでお茶を買うと、レジの女性が、

「今日は少し暖かいですね、風もなく穏やかで」

と声をかけてくれた。私は「おや？」と思ってレジの彼女を見た。さっぱりとした四十歳くらいの人だった。

「ほんとうに、暖かくて助かります」

と私は答えていた。言葉に暖かさを感じて。

仏教で「聞く」ことは「耳施」というとか。普段、家族とは慣れてしまって説明が足らなかったり、大勢の中では聞き流してしまったりすることもあるが、短い言葉でも、キャッチボールをしているような手応えがある。近所の子どもには、

「おはよう、行っていらっしゃい」

「おかえり、がんばってきた？」

など声をかけ、町内の奥さんには、

「きょうは良いお天気で」

とか言って、言葉をかける余裕がほしい。しかし、時代の風潮でみんな忙しいようである。山陰線で胡麻という駅で降り、丘の上の団地に行く時、学校から帰ってきた子どもたちによく出会った。彼らの方から「こんにちは」と声をかけてくれる。「おかえり」と自然に言葉が出てくる。田舎の学校では「挨拶」をするように指導しているという。


何かと事件が多いから大人を避けて、うつ向いて通る子どももあれば顔をあげて声をかける子どももあり、伸び伸びと明るく感じるのは後者の方で、子どもに教えられ元気をもらうことが多い。

# 女家族

その家に女の子が五人が生まれ、どの娘も美人だった。私の五、六歳の頃には上の三人は嫁に行き、それぞれ大きな家の主婦になっていた。あと二人残っていて縁談があることを母から聞き、子どもながら何か楽しく彼女（都茂子さん）の晴れ姿を思い描いていた。

彼女は姉妹で一番賢いといわれ、まもなく良い縁談がまとまった。

その家の屋号は「梅吉」といって私の家と数軒離れているだけで、親戚でもあるので母は細かに成り行きを聞いて来た。彼女らの父親は病気で亡くなり、一人息子は第二次世界大戦に行ってまだ安否がわからなかった。男親がないのに貧しさを感じない家で、小母さんはのんびりしたところがあった。皆で助け合っていたのだろう。都茂子さんは有望な息子と結ばれて幸せに暮らし、二年後には男の子が生まれた。皆が羨むのでさぞ楽しい生活をしているだろうと思い、里帰りした時に会いに行こうと楽しみにしていた。ところが三年ほどして悲しいニュースが入ってきた。

都茂子さんは当時珍しい血液の癌になり病院通いをしていると。私はあまりにもかわいそうで、母に詳しいことは聞かないようにしていた。ただ「家に帰ってゆっくり休めばいいのに」と思っていたが帰ってこなかった。

都茂子さんはいつのまにか亡くなり、残された子どもやご主人がどう暮らしているのか何も聞かされないまま時が過ぎた。ただ母のつぶやいた言葉が耳に残っている。なぜかその言葉は切なく恐ろしく私の心を震わせた。

『あの娘は賢かったけど、我儘やったのかなあー。戦争でお婆さんの子ども（腹違いの叔父）が町から帰ってきて、みんなと暮らしていた。するとあの娘が叔父さんをうるさがってなあー。居辛うなってどこへ行ったのかー、お婆さんはあちこち探し、山の中の谷の近くに小屋を見つけてなー、息子がいるのをやっと探し当ててー、食事を運んでいたんやけどまた居なくなってー、遠いところへ行ったんか、山で首を吊ったんかー、なにもわからへんー。あの娘がいけずしたことを誰も言わんけどー、ひょっとしたら罰かもしれんなー』

私はその叔父さんを見たことがなく、お婆さんにそんな息子がいたことも初耳で、悲しいことがあったことも知らなかった。

戦争で町に住めなくなり帰ってきた叔父さんが気の毒で、都茂子さんも思いがけないことだっただろう。綺麗すぎたり賢すぎたり、皆にちやほやされる子はめったに居ないが、都茂子さんは良い娘の定評があって、子どもの耳にも入っていた。

お婆さんはその後も静かに老後を過ごし、微笑を忘れない人だったが、心中はどうだっただろう。念仏を唱えていたのだろうか。私は時々家に上がって、ご飯を頂いたり、お婆さんに京へ嫁いだ孫娘の着物や肩かけ、草履、下駄まで見せてもらって、色や柄がきれいやなあーと眺めた。畳の上の美術品だったのかもしれない。

一番下の娘さんは婚期が過ぎても家にいたが、家を助けるためだったのだろう。さばさばとした女性で、やはり美人だった。男手のない家でよく働いたと思う。

# 墓

人が死ぬと土葬にする。河内谷は曹洞宗で葬式は派手である。父の時は派手な衣を着た僧侶が五人来て賑やかな葬儀だった。僧侶は各集落の寺に一人は居られて、葬儀の時来てもらった。

母の時は三人だった。次第に過疎になっていたが、昔からの習わしで送ってもらった。お寺はすでに無住寺になっていた。

墓は親類の家が数軒集まって山の麓に作られ、代々続いている。名古姓の墓は何故か二ケ所あり、同じ山の麓にあるが法事の行き来はない。あまり大きくならないようにしたのだろうか、それでも長年のうちに墓は窮屈になっている。

人が亡くなると墓堀を親類の中から三人頼み、深さ二メートル余り掘ってもらう。

雨が降ろうが雪が降ろうが墓堀さんは大変である。埋めたあとはしばらく数本の木の杭で印をつけるが、雨などで土が落ちつけば石碑を立てる。

法事やお盆で墓へ行くと戦死者や好きだったお婆さんや若くして亡くなった叔父の墓を眺め、花や線香を供え般若心経をあげる。私の姉二人は生まれて十日ばかりで亡くなったと母から聞いたが、今でも小さな石の上に花を供えお団子を数粒、大事にしてもらっている。最近新しい石が一つ見えるのは親類の若嫁さんの赤ちゃんが亡くなった。石が三つ並んでいるのを見ると、彼らが元気でいたら―私の環境も多少変わっていただろうと想像する。

私の知っている世代の親たちは皆亡くなりお墓の方が賑やかになった。

先日、義姉の納骨にお参りした。お墓には石碑がなく、石を数個積んでいるだけで、誰の墓なのかは卒塔婆でわかる。眺めていると本当に自然に還ったという思いがする。周りは杉の木に囲まれ、ゆるやかな傾斜で村を見下ろしてる。どなたさまも長い間ご苦労様でしたという言葉がぴったりの安らかな墓の姿だった。子孫がいなければ自然に還り石も苔むして沈んでいくだろう。そこは臨済宗妙心寺派である。

# 滅び

塀を巡らせた家は茅葺であっても立派だ。その家が没落するにはどんな原因があるのだろう。子どもの頃は淋しいなと思うにとどまったが、自分が家庭をもち、子どもを育て、帰郷した時、昔は栄えていた家のことを思う。私の家は隠居で、本家は五十メートルほど離れたところにあった。母が嫁いできた頃、姑の使いで本家へ行くと息子と親父さんが漆塗りのお膳を前にお酒を飲んでいて、酒の肴は贅沢だったと話していた。

本家の息子の嫁さんは二度里へ帰り、三度目の嫁さんが来たときは急に家が傾き、田畑、山を売って都会へ逃げた。贅沢な生活にはいくら財産があり景気が良い時でも左前になるよ、と母は台所で言っていた。姉や兄はすでに知っていたが私はショックを受けて聞いた。

上ン庄の塀のある大きな家の息子四人は元気で、父親の自慢が村中に聞こえていた。家も順調で、他所のことに干渉し、離縁などした家には非難の言葉を平気で言った。狭い集落では喧嘩はできず、言われたり笑われたりして気を病んでいても口には出せない。今でいう「いじめ」だろう。鼻の高い父親でいい気なものだった。その高台の塀が巡らされた家のお嫁さんは人づき合いもよく、夫にすべてをたよる、大人しい女性だった。

昭和十四年、第二次世界大戦が始まり、村の若者は次々に兵士となって村を出ていった。一人息子であろうと二人であろうと三人であろうと――。

因果応報と、だれも口にしなかったが、その家の息子は上から二人戦争に行って帰らず、三人目は結核になって療養のかいもなく死に、四人目が残ったと慰められていたら、自転車で田んぼに落ちて亡くなった。おとなしい母親もはたから見るのも気の毒なほど窶《やつ》れ、寝たきりとなった――。

私はあの家のお婆さんが塀の内に立っているのを見かけた。何故か淋しそうだった。広い家も田畑も人が減って、ひっそりしていた。戦争中はどこの家も淋しかった。それでは一人息子に戦死された家はどうなったかといえば、娘に養子をとって最初から農林業を教え、一人前になってもらうようあれこれと気をもんでいた。

# 節分

節分は二月三日、雪に閉じ込められているときの、ささやかな変化の日である。子どもは鬼がやって来ると信じ、父は山へ行ってヒイラギの枝をとってくる。（尖った葉で鬼の目を突く）ヒイラギがどこに生えているのか知っていて、雪の中でもとってくる。私は里山へ行ってもヒイラギの木を見たことはないのにと不思議に思えた。

母は鰯を買ってきて大根を扇型に切り、父の作った串に、ヒイラギ、鰯の頭を刺し大根で止める。何本作ったか？　茅葺屋根の庇（幅五十センチほどある）に刺す。鬼が来たら鰯は臭いし、ヒイラギは目に刺さって逃げていく、と言われていた。

節分はご飯も赤飯で、おかずは鰯の焼いたのや大根と里芋の煮込みなど、囲炉裏がよく燃えていて、お餅も焼いて食べた。

豆は畑で採れたのを、たぶん母が良い豆を残しておいたのだろう、きれいな豆だった。

豆まきは父がやった。寒い外に出て大きな声で「鬼は外」と叫び、鬼の気配を感じ山へ逃げていったかと、節分の日だけ子どもは大人しくしていた。

二月のもう一つの出来事は時々「結婚式」があることだった。早くから噂は流れ、その日を楽しみにしていた。お寺の息子さんが結婚されたときは子どもまで見にいった。雪が積もっていても打掛姿のお嫁さんを見て感動し、集落がにぎやかになることをうれしく思った。節分の頃に一番多く結婚式が行われた。

# 藁細工

父は厳格で短気なところがあった。母にも厳しく言っていたが、子どもには何が原因なのかさっぱりわからなかった。いつも父の方からだったようだ。母は言い返したりすることなく黙っていたが、何でもないときに一言父の欠点を言うのである。父にとっては痛いところを突かれいつも無言だった。面白いなと私は思った。ところで、子どもは父母がいくら喧嘩していても忘れていくもので気にならず、何故か家に安定感があり、母が家を出るとは思えなかった。

私より十歳と十二歳年上の姉たちが喧嘩する方がうるさくて嫌だった。傍観していたものの姉妹がなぜ仲良くできないかと思っていた。後に都会へ出た姉を、田舎に嫁いだ妹がたびたび訪れているのを見て、やはり姉妹なのだなあと思った。

私は姉たちから十歳も下なので二人にそれぞれ世話をしてもらった。

母の実家は母と腹違いの兄が跡をとっていて、母は祖母の一人娘で、十九歳で嫁ぐまで大事にされたようだ。結婚後も農繁期や出産、子守など祖父母に助けてもらい、私もたびたび母の実家で過ごした。

父は冬になるとひょっこり母の実家へ行き、藁沓、蓑、お櫃入れを貰ってきて私たちに見せた。「器用にできているなあ」と眺め、家では誰も真似ができないと思った。伯父は器用な人で藁細工は美しくできていた。

ほかにも籠や赤ちゃんを入れる畚《ふご》なども作ってもらったようだ。

伯父は無口な人だったが私が行って、食事をしているときも遊んでいるときも暖かい気持ちで見ていてくれた。伯父を怖いと思ったことはない。

そういえば伯父は物を作る喜びをもっていて、一人息子のYも器用で竹や木で橇《そり》を作ったり、スキーを作って遊んでくれた。Yが戦争から無事に帰っていたら、伯父は安心して老後を過ごしただろう。好きな藁細工や竹細工をして。

私の父も何故か母の里へ行き、そうした手作りのものを貰ってくるのが愉しみのようだった。秋の暮れ、父は私たちに見せた。作ったばかりの蓑《みの》を。「これは菅《すげ》で作られている」と説明し、菅はどこにでも生えている草ではないと言った。私は、蓑を見て〝美しい〟と思った。それから菅という草を里山や川原で知らず知らず探していた。

# 村の集会

村の集会は年に数回もたれ、臨時の会もあった。各家庭から一人（男性が主に）、区長のもとに集まって相談をした。共同でする水路、道、山の仕事、知井全体の連絡や当番等話し合って決めるルールがあって、その常会は夜にもたれたので、父は夜遅く帰ってきた。

区長は年長者で信頼のおける人が、順番にもつという習わしで仕事の重責を分担したのだろう。昼は農業をして夜は集会の準備、雑用となかなか骨の折れる仕事である。昔のことを聞き伝えられた母がふとこぼしたのは、「なんでも曽祖父が区長をしたとき物入りで、お金をたくさん使い、あとが大変だったらしいの。内が貧乏になったのもそのせいらしいよ」。祖母から聞いたのか、父から聞いたのか、母は普段の贅沢を戒めた。

家でたびたび人を接待したこと、酒肴の費用がばかにならなかったこと。農業の時間が充分とれなかったこと等、曽祖父は写真で見ると背が高くて男前、本が好きなような顔立ちだが、晩年胃腸を悪くして、充分働けなかった。一家の主が働けないとたちまち困るのは主婦であり、つき合いや家族の生活を守るのに人知れず苦労したにちがいない。

父はかなり勤勉であったと思うが、過去の人を思い出し頑張らざるを得なかったのだろう。朝は早く起き、夜は早く休んだ。遅くまで起きている家族を叱っていた。

女性の集会は婦人会だった。時々めかしてその会に出かけ、大勢が写真に納まっている。ほかには集落でお講（観音講、愛宕講、苗講等）があり、女ばかりが集まって般若心経やご詠歌をあげる。その前後に彼女たちの会話がある。うわさ話やお惚け話、親類縁者、旦那の話など、なかなか賑やかで、日頃のストレスを発散させる。

また田植えや山菜採り、稲刈りなど共同ですることが多く、集まっては情報交換も農業の出来栄えや失敗も話すことができた。たぶん子どもについても話しただろうが競争になるようなことや教師のことは言わず、おねしょが治らないとか出来物ができたとか、自分の子どものわんぱくぶりを話して笑っていた。

# 農業

田舎の農業は男女の共同作業でなりたっている。植え付や種子を蒔く時期、また収穫の時は一家そろって働く。例えば田植えの前に、去年の秋に残しておいた籾を水に浸けるのは女の仕事、田に出て苗代を作るのは男の仕事、両者協力している。籾が芽を出し十数センチになると田に植えなくてはならない。

田んぼは（硬くなっていた土を掘り返し水を入れ、こなして平らにする）段取りができている。田植えは近所のお母さんたちが「てんごり」という習わしで助け合って次の家の田から次の家の田へと植えていく。

お父さんは苗を運んだり次の田を平らにしたりしている。田植えが終わると一息つけるのだが、畑の仕事が待っている。大豆や小豆の苗を植えるのも、お茶を摘むのもこの時期である。

七月七日、七夕の日の「はげっしょ」には、母がどこかから笹をたくさん摘んできて粽《ちまき》を作る。これはいつもお母さんの仕事で粽ができると笹の香りに癒され、素朴な中味（もち米とうるの粉で作る）を味わう。粽は笹を五枚で巻き、藺草《いぐさ》でくるくると巻いて結ぶ。その十本を束ねると扇型になる。都会へ出ている子どもや親戚の家へ送る楽しみもあった。

梅雨が明けると近くの山で柴を刈る仕事がある。これは暑い最中なので大変な仕事だったが家族そろってすると、汗とは別の慰めがあると子どもでも感じていた。何故だろう。山の気が満ちるなかで一メートルくらいに伸びた柴を刈って干し、夕立にあわないよう積み上げる。たくさん刈っては積み、いくつも積んでおくと牛の小屋に敷いてやることができる。藁も刻んで敷いてやるが足らないのと、田にまく肥しのためでもあった。牛は普通一軒に一頭はいて田植えの時だけ働いてくれるのに年中世話をして守っていった。そして牛の出す肥料のおかげで田に稲が育てられた。有機肥料を私たちはほとんど柴と藁と刈った草で作り、使っていたのである。

八月に入り完全に農閑期となる。

お盆の用意は母の仕事で、男は田の水を見て廻ったり畑のようすを見たり、村役に出たり、要所々で出番がある。男と女の役目が長年保たれて農業も行事も続き一つ屋根の下で、一つの集落で暮らせていたことは安定感があった。

稲刈りは子どもも手伝って一気に行われた。刈った稲は家の近くへ運んで「稲木」に掛けて干す。その稲木が六段ぐらいあるので上までかけるには日も暮れて真っ暗になる。お父さんの手伝いで稲の束を渡す、くり返しくり返し、稲の香りと稲の屑が顔に降りかかる。ようやく終わると空に星が瞬いているのだった。

現在は機械化されて稲の苗から買っている。肥料も稲刈りも、籾にして白米にするのも機械で、人手がかからなくなり田舎の農業も様変わりしたが、男と女の役目はどうなっただろう。子どもが賑やかで父母の苦労と楽しみが家の中で熱していた頃はもう半世紀も前になった。

母が父に言わなくても、お正月には門松を山から切ってきたり、節分にはヒイラギの葉をどこかで採ってきたり、「天道花《てんとばな》」の竹を切ってきたり、「あ・うん」の呼吸であり、それがあたり前の生活だった。

# 家庭での行事

## 「天道花《てんとばな》」

これは各家庭でささやかに続けている行事で、母は私の知る限りその行事を休んだことはない。今思うと親心で、子どもが楽しみにしていると思っていたのだろう。「天道花」は五月八日の朝方、長い竹の先に花束を付けて空にお供えする。その頃、藤、つつじ、山吹が咲くので一抱えもある花束にして、竿の先に括り付け、庭に立てる。私はその一部始終を見ていた。夕方には竿を降し、花束を片づける。

### 「松明《たいまつ》」

盂蘭盆の二十四日に、近くのお地蔵さんの前で、松の根を金網に入れて燃やす。これは父が我が家だけでしていたことで、芦生の大がかりな「松上げ」や広河原の「上松」を小型化したものだった。遠くまでなかなか行けないので、家の近くで松明を上げ仏さまを供養したのか、子や孫に見せようとしたのか、闇の中で松の根が燃え上がるようすは、やはり火の美しさと儚さを知らされる。

松の根は脂があって良く燃える、父は近くの山で松の根を掘るのだろう。大変な仕事だが、毎年盂蘭盆には松明の用意をしてくれた。父の亡きあとは兄が松の根を掘ってきてくれる。

### 「左義長《さぎちょう》」

お正月の「どんど」を左義長という。私たちは「どんど」といって、お正月が終わる十五日の朝、神棚にお供えしていた門松やしめ縄を、西の田んぼの縁（用水路の近く）で燃やす。子どもたちの書初めを炎の上に載せると、いち早く空へ舞い上がる。

誰の書初めが一番高く上がったか、騒ぐのも一時である。できた熾《おき》で餅を焼いて家族が食べると、一年間病気をしないという言い伝えがあり、皆が一切れずつ食べる。

お盆の十五日におしょらいさん（亡くなった人の霊）を送る時も、同じようなことをする。真っ黒に焼けたお餅もあって、苦いと思いながら食べる。田舎に定着した習わしである。

# 盆踊り

真夏の暑さも盂蘭盆（八月二十四日）になると秋めいてくる。家の近くのお地蔵さんの前で松明をあげてくれる父や兄、眺める姉妹や孫たち、それが終わるとお寺へ向かう。上ン庄の山の中腹にある昌徳寺で盆踊りが始まっている。

子どもも老人もみな行くので、家は空になる。河内谷の盆踊りは有名になり他所からやって来る人もいた。櫓《やぐら》では青年が音頭をとり、櫓を取り巻いて二重三重になって踊る。

「踊る阿呆に見る阿呆」になって。お寺は障子をあけ放ち、見る人は腰を掛けて見ている。音頭に何とも言えない熱気があり、皆それに酔うているようだ。戦争は終わっていた。年齢が満たず戦争に行かなかった男の子が、浄瑠璃を習いうまくなって皆を楽しませていた。

踊り疲れて帰るのは夜明け前、友達と連れ立って帰っていく。

都会から親類の子どもたちも来て、浴衣を着て踊り疲れて帰る。もうすぐ夜が明けると思うと何か特別のようで、大人びた気持ちになって。

担任の先生も来られて、見ていられただろう、誰かお嫁さんに良い子はないかとも。

盆踊りで見初められ、他所の地へお嫁に行ったと、あとで聞いたときはやはりいくつかのロマンが生まれたのだと思った。

お寺にはお坊さんも奥さんも元気な時で、いろいろと世話をしてくださった。先々でまさか無住寺になるとは思ってもいなかった。

# 父と山

父は十歳年下の弟を急病で亡くした。私のまだ生まれていないとき、父は一人っ子となり家を支えていく責任を感じていた。

山の植林に興味をもったのは勤めている役場で「なんでも働いて収入になることをするように」と指導があったとのこと、気候や稲の害虫、経済の影響によって収入が安定しない村であったからアルバイトを奨励したのだろうか。

山に木を植えても三十年、四十年経たないと収入にはならないが「荒れている山に木を植えよう」と思い立ったらしい。朝、出勤の前や日曜日など時間を見つけて主に杉を植えていた。私の子どもの頃は杉の古木から種子を採り土間で乾かしていた。大きくなる杉の木も、種子はゴマより小さく、双葉は細くて草の方が大きくなるので、それは大変である。なぜなら草を引くと苗もつられて浮き上がってしまう。そんな苗も四年経つと五、六十センチに成長する。父はそれを山へ持っていっては植えていた。母や兄も農閑期には手伝っていた。私は父が苗と鍬やトンガをもって山へ行く後姿を見ていた。

戦争で若者が村を出ていき、生活も苦しくなり山の手入れができないと荒れてしまう。山を売る人も出てくる。だれかが世話をしないと山崩れや洪水が発生することになる。

植えた杉、ヒノキも雪や台風で曲がったり倒れたりする。それを縄で引いて真っ直ぐにしてやる。これは植えてからの大切な仕事で、主に雪が消えるとすぐ取りかかる仕事であった。また春たけなわになると下草刈りといって、周りの草を刈って陽あたりを良くしてやることも大切である。

私は小学生の頃から一人で里山へ行き谷の水や、小さな魚や、育ちつつある木を眺めて楽しんだ。ある日父もその里山へ行き、私に「ほら、これが十年経った杉、あれが二十年経った杉や」と教えてくれた。子どもなら中学生になったような勢いで若々しさを輝かせているなあーと眺めた。育つまでの世話をすれば、あとは自然の力で伸びていく。父は苦労のあとの楽しみを味わっていたのだろう。眺める目がとても優しく思えた。

（今私たちを悩ませる花粉の問題はなく、実も古木にしかならなかった）

府有林や村林の世話に主婦たちも行って働き副収入になった。父は山を楽しんでいたが、杉が育って山が安定したのちはどうしょうと思っていたのだろう。昔から子や孫が切り、生活の安定になると考えていた。外材が輸入されて日本の木は顧みられなくなり、山へ行く人さえなくなって久しい。

その前に父は（昭和三十年）亡くなった。

# 大麦　小麦

麦が十センチ余りに伸びる十一月、何故か子どもに「麦踏み」の仕事がまわってきた。せっかく伸びた元気な麦に足をのせるのは申し訳ないような気がしたが、仕方がない、一、二、一、二とつぶやきながら踏んでいた。食料の自給自足のため、毎年、大麦と小麦が作られていた。子どもにはどれが大麦なのか小麦なのかわからない。

麦は小さい時に踏むと雪の下で根が張り、丈夫に育ち、また霜柱で根が浮かないようにするためだった。

麦は戦争前も戦争中も米の補食として、大麦は硬いので鉄鍋で焚いてから米と一緒に炊くと麦ご飯ができた。戦争中の食糧難の時は麦の方が多いご飯で、食欲もそがれる思いだった。ほかに南瓜、さつま芋も入れた。

小麦は粉にして使っていた。母は水車で小麦を粉にして団子や餅、うどんにしてくれた。米の粉と混ぜて、中に餡子を入れて蒸し、饅頭を作ってくれた。手間のかかることを、忙しい時によくやったと思う。

大麦と小麦の穂が出ると、子どもでもその見分けがついて、大麦は背が高く穂は大きく、小麦は背が低く実も小さく、育ちにくいようだった。

七月、麦の秋、麦焼きという仕事は酷なもの、顔が赤く火照った。あのツンツンとした棘を焼く、しかし穂まで火の中に落ちないよう手加減しながら、夏のあの仕事は見ていても暑かった。

# 緒《お》

　緒は紐の役目を果たし、特に神事にはお札を吊るしたり、お供え物を括ったりする時に欠かせなかった。父が母の里から一抱えの緒を貰って来た時は、薄い黄色の緒を美しいと思った。光沢もあって滑らかさもあった。

　十二月は農業の後始末と冬支度、お正月の用意をしなければならない。父が祖母の家から貰ってくるものは、我が家ではできない物で、手の込んだ藁細工（藁ぐつ）竹細工、それに緒、緒は麻からできていた。祖母が麻の皮を剥き、一週間ほど水に晒し、棒で叩き、足で踏んで繊維状にする。それを貰ってきて物を括ったり吊るしたり、本や書いたものを閉じるときに使う。コヨリより丈夫で縄よりははるかに繊細で、家の中で使われていた。

祖母は手間暇のかかる緒を、気前よくくれたと思う。それとも毎年必要なので父が頼んで作ってもらっていたのかもしれない。母は祖母が麻糸で織った反物を箪笥に入れていた。祖母が機織りをしているところを見たことはないが、もう少し若い時にしていたのだろう。

私が祖母の家へ行くと、ちょうど麻が庭に並べてあった。二メートルくらいの麻で葉は大きくばさりと置かれたのを見た。どこかで栽培していて伯父が切ってきたのだろう。祖母は手早く皮を剥いて川に浸け、あとは時間をかけて麻の繊維を取り出すのだろうけれど、私はそれを見たことがない。

昭和三十年半ばにビニールの紐ができた時、麻の緒の役目は終わった。

# 行商人と修繕屋

何処からやって来るのか、行商人は魚屋、小間物屋、呉服屋、それに富山の薬屋が定期的にやってきて主に主婦を相手に商いをしていた。魚屋は若狭から「八ケ峰」という標高八百メートルの山の中腹を歩いて知見へ出て、下村~中村の合の橋を渡り、蔵王橋を渡ってやって来ると思っていた。富山の薬屋は遠くからどうして来るのだろうと気の毒に思えるくらいだった。

小間物屋が来ると母は喜んでいた。小引き出しのある箱を背負って来て、玉手箱のように畳の上に広げると数々の糸や針が入っているのだった。また呉服屋は特に愛想がよくて買っても買わなくても反物を広げて母に見せていた。姉たちが嫁ぐと決まれば母は大変だった。戦後まもなくで何もなかったから、新しく作るにも父の懐と相談し、何とか用意できたのだろうか、私は子どもだったので傍観者だった。ただ母が自分の着物で、派手なものを縫い直して娘のために箪笥に入れるのを見て親心を感じた。

修繕屋については大いに興味をもっていた。庭に彼らが現れると、母の後ろについて何をするか見守っていた。まず庭に筵を敷く、そこに修理する道具を置き、胡《あぐ》座《ら》をかいて仕事を始める。桶の箍《たが》が切れたり緩んだりしていると、竹を細く割いて箍を作る。作った箍にばらばらの桶のパーツをはめていく。私はその手先をじーっと見ている。手品のようにうまくはめ込んでいく。（上手いなあー）と、声には出さないが感心して溜息をつく。

竹でできた笊《ざる》を修繕するおじさんも来る。大小ある竹笊、大きさに合わせた籤《ひご》で穴を埋めていく。最初は竹を割って角のあるのを丸く滑らかにするのが上手い。筵の上に座って半日ほどで修繕し、終わると次の家へまわって行く。

包丁を研ぐおじさんもやってきた。鎌や鉈などは父が研いでいたが、料理の包丁は専門家に研いでもらう方がよかったのだろう。

これらは私の小学校の時（昭和二十年前後）に見た光景である、それ以前から行商人や修繕屋は農家の暇な時を見計らって、集落を廻り仕事をしていた。

# 声明を聞いて

故郷では子どもの頃、お寺のお坊さんが通りかかられると大人も子どもも挨拶をして親しみを感じた。お坊さんは無口な方だったが村の人は尊敬し、お寺にお坊さんがおられる安心感があった。やはり何かの時には相談したり導いてくださっていたのだ。

お坊さんが亡くなられ、息子さんはほかの職業につかれたので、お寺は無住寺になった。神仏への思いや過去の人たちへの思いが薄くなったのか、無住寺の集落が多くなった。

貧しい時代にもお寺だけは守ろうと住民が協力していた。私も子どもの頃、お寺へのお供えを集めに下ン庄（梅の木の集落）を廻ったことがある。

お坊さんは学校の書道の先生をしていられた。戦争中は奥さんも畑をして野菜を作っていられたが、慣れないのと、遠くの畑だったので大変だっただろう。

京都市でふと目にしたビラに「法然上人八百年、親鸞上人七百五十回、ご縁忌奉賛法要」で声明が聞けるのを知った。その日は三月二十四日の夜、六年生の孫娘とコンサートホールへ聞きに行った。

舞台の真ん中に大きな掛け軸が架かり、目も覚めるような墨筆、

「なんとかいてあるの」と聞かれ、

「南無阿弥陀仏」だよと言う。

プログラムには、第十五回菩提樹（アジアの子どもたちに学校を贈る）とあり、筑前琵琶と名古屋少年少女合唱団のコーラス。次は「壇ノ浦秘曲」を演奏された田中旭泉《きょくせん》さん。彼女は京都の人だが岐阜のお寺へ嫁がれたと聞いた。

声明は「浄土宗知恩院」「浄土真宗本願寺派」「真宗大谷派」の僧たちが出演され、女性の僧もちらほら見えた。袈裟は宗派によって違う。知恩院は金銀の織物で作ら

れた派手な袈裟、西本願寺は地味な茶色に濃い緑と金糸が入る袈裟、大谷派も緑色の衣に濃紺の袈裟、声明がどんどん高揚するエネルギーが心身に響いた。

「ああ、すばらしかった」と孫は独り言。そして、

「あのね、お釈迦さまって、いつうまれたの?」と聞く。

「今から二千五百年前にネパールにあった釈迦族の王様の長男として生まれたの、キリストより前に生まれたのね」

私はキリスト系の学校へ行っている孫に、仏教もあることを知らせたいと思った。

木枯らしが吹く頃になると、上賀茂にも「ほう、ほう」と唱えながら歩いていく僧を見かける。

「法、法、法」と響く声に玄関を開けてお供養をしている主婦の姿もある。私はたまたま歩いていて、向いの通りを行く僧に、写真を撮らせてもらってもいいですかと聞いた。にっこりと頷いて立ち止まってくれたものの数秒間で、歩いて行かれた。

# 私の好きな樹

生家の庭には松の木が一段と高く黒い幹と葉を空に向けている。ほかに杠《ゆずりは》、サツキの垣根、カシの木、青木などあったが、どうしてカシの木が大事にされているのかわからなかった。太くて無恰好なのである。葉も硬くて変哲もない。しかし、だれもそれを邪魔にしていなかった。杠の葉はお正月にお餅をのせて神様に供える。雪が降っても山まで採りに行かなくてよい。

一番楽しみだったのは柿の木の種類がいろいろあり、形、味がみな違ったことである。家の裏の大白は渋柿だが毎年たくさんなった。クボ柿は甘くて大粒なのがうれしかった。周山柿、百メ柿、御所柿、冬柿など、父が旅に出たときの土産に苗を買ってきて植えたらしい。柿は稲刈りの忙しい時に色づく。おやつに大好物だった。

茱萸《ぐみ》の木は畑の隅にあって稲が伸びる頃（六月）に実が赤くなる。鈴なりになるのを見上げると何となくうれしく美しいと思った。あまり食べられるものではないが、緑に包まれた環境では赤い実が可愛いと思えた。隣の田んぼの持ち主であるK爺さんが「田んぼの陰になる」と文句を言うので時々切って、ちんもりした形になっていた。Kさんは小柄で痩せていて、いつも難しい表情のお爺さんだった。

枳殻《からたち》の木を植えたのは誰だろう。歌にある「からたちの花が咲いたよー、白い白い花だよー」を口ずさんでいた。棘はそれは鋭いもので、枳殻の木の中は棘が密集している。白い花の香りは良く、実は黄色くかわいいが、あの棘には近寄れなかった。毎年二、三個しかならなかったが、いつからか鈴なりになり、木の丈は二メートルくらいになった。鈴なりの実を採って中を見ると種がいっぱい入っている。食べると酸っぱい。眺めているだけの黄色いピンポン玉の様な実。

川へ降りていく道ばたにあったのでいつも目に留まり、黄色いなあ〜と眺めて季節を感じることができた。

# 障子

障子は外が見えないが影や気配を見ることはできる。家の庭に面した部屋は障子がはめられていた。夏の暑い時期だけは開け放していた。姉が時々影絵をしてくれたので、夏ならではの夜を過ごした。

郵便屋さんが雪をクックックッと踏みしめてやって来る音や、誰かがやって来る音、間もなく表の戸が開く。この戸は一枚の引き戸で上半分は障子、下は桧の一枚板、黒くて重々しく感じるが、子どもでも開け閉めにそう力は要らなかった。

障子は横二十センチ、縦十三センチほどに区切られた桟に、白い和紙を張る。子どもが穴をあけると母や姉が紙を紅葉や花の形に切って塞いでくれた。障子をぽんやり見ていると気持ちが落ち着いてくる。光や風が通り、向こうとつながっている感じがするからだろうか、それとも和紙という柔らかさだろうか。

障子にもいろいろあると知ったのは、京都のお茶屋さんである会があった時、「古い家で一度見ておく値打ちがある」と言われたので行った。畳の部屋は広く、障子が十二枚もはまっている、それは桟の細かい上品な障子。日本家屋の伝統美を発揮していた。障子を開けてみると、家を守る祠があった。地面には蕗の薹が芽を出すらしいが、まだ芽は出ていなかった。

障子は日本の四季と調和し、感性を養ってくれる。壁やドアーで仕切られて、中が蜜室になるのも個人的には良いかもしれないが、障子があって外の気配を感じるのも趣がある。

兄と一緒に障子貼りをした、年末で日の暮れるのが早く、貼り終わるともうお正月の用意完了の気分で家の中が明るくなった。

# 山彦

グループでどこかの山へ行ったとき、誰かが山彦を期待して叫んだが、少しも返ってこなかった。木々の生えた山であれば山彦は返ってくると思っていた私は拍子ぬけし、何故だろうと子どもの頃を思い出した。

弟たちと山へ行くと、何となく大声を出してみたくなる。「おおーい」とか「やっほー」とか、名前を言う時もある。すると山の奥の方から誰かいるような声で応えてくる。河内谷の山では、たいてい返ってくるとわかっていたが、別人の声になっているのが面白かった。

山と山が迫っているところや、山並みが深くて谷があるところ、淋しいところで試してみると、もう一人の私がいて、返事をしてくれる。

何回もやるものではないが、山の中で大きな声を出すと、木や水、岩や山肌が答えているような気がする。もともと木や蔓や岩、土は互いに話し合っているのかもしれない。そのせいで山はそう淋しくはない。人にも話しかけているような気持ちになる。山で暮らしているとそんな気持ちになるのだろう。

# 茶摘み

初夏の日差しになり、田植えが終わってホッとすると、お茶の芽が出ている。あまり伸びないうちに摘まねばならない。

この仕事も手間のかかる仕事で、母は姐さんかぶりをして、お茶の木に向かう。畑の土手にこんもりと生えている茶の木。宇治や静岡の茶畑のように大きな畑にまとまってあるわけではない。朝から摘んで昼になると蒸し器でさっと蒸して筵に広げ、手で揉む。陰干ししてからまた茶を摘みに行く。夕方に帰ってきて、昼にしたように蒸して揉む、お茶の葉は新鮮なうちに処理しなくてはいけない。揉むのは二回三回と繰り返す、乾ききらないうちに。

お茶の香りが漂いほっとするが、干しているところへ夕立が来れば大慌て、急いで小屋の中へ入れる。母は一年分のお茶を丁寧に作る。

私も母に見習って、さっと蒸したり、手で揉んだりする経験をしたが、感覚的にも体力的にも大変だった。特に、さっと蒸す加減がわからず、蒸しすぎたこともある。しかし子どもでも経験すると覚えていて、あの頃の茶摘みや茶の香りを思い出す。

普通、お茶の木は田畑の土手に生えているのだが、離れた所に、小さな茶畑があった。そこで母がお茶を摘んでいる姿が記憶に残っている。まるく刈った茶木が七、八本あっただろうか、それを一人で摘むのは大変だろうと思った。

茶木は母の体より大きかった。一芽一芽摘んでいく気の長い仕事、母は無心に積んでいたのだろうか、ちょっと邪魔をしてはいけないような、静かな雰囲気だった。

乾燥したお茶の葉は缶に入れて保存し、一年間使う。田舎の香り、手製の味になる。

# 仲間

昆虫が身近にいるのはあたり前だった。春は蝶が飛び、田植えになると突然、蛙が合唱をはじめ、蟻がいる、カタツムリ、ナメクジ、燕が来たよ、カブトムシがいるよ、キリギリス、バッタ、田畑に野原に生き物がたくさんいる。よほど昆虫の好きな子どもでない限り、田舎の子どもは「あっ、いるな」ぐらいの関心であるけれど。都会から来た子ども（特に男の子）はカブトムシに夢中になる。わざわざ山へ行かなくても、夜、電灯の下に三匹は飛んでくる。籠に入れて大喜びである。

昼は蝶、カマキリ、セミ、いくらでもいる。あたり前である。

夏の半ばにはコオロギ、鈴虫、地虫が草の中で盛んに鳴く。子孫を残そうとしている。ジンジン、ジーンジーンと声が混ざり合ってうるさい。秋の半ば冷たい風が吹くと虫は声を潜め、さらに寒くなると死に絶える。来年の春にはまた出てくる。しかし必ずしもそうでない時代になった。農薬、化学洗剤、酸性雨、原発事故、車に敷かれる。急速な都市開発で野の虫や爬虫類は人知れず死んでいく。二、三十年前と比べると大きく減少した。もし秋に虫の音も聞こえなかったら、もし子どもの目に小さな生き物が見られなかったら、動物園や水族館で喜ぶ子どもの表情を見ると、日常にもふと目にする小さな生き物がいなくてはいけないと思う。

# あとがき

日本人は西洋建築が好きで、貴重な田園に思いもかけないビルが建つ。

これを発展というのだろうかと、都会に住んで六十年思ってきた。山間部の故郷は老齢化、少子化であるうえに、貴重な青年たちは仕事を求めて都会へ行く。過疎は小都市まで広がっているという。昔の女性がしていた刺繍や編み物、裁縫を現在の女性もしているのをテレビで見ると、「人はやはり手仕事によって喜びを感じ、生きる意欲をもつ」と教えられる。母などは足袋の繕いをするのに綺麗な縫い目を出して仕上げていた。家の中には高価なものでなくても「美しい」と思う道具や手仕事の温かみのある物が目に留まった。

記憶を手繰り寄せ、拙い文章を重ねてきたが、もしこれからの人が「昔のことを知りたい」と思った時、目を通してくださったらと思う。

人は足もとの暮らしで手を使い物を作り、自他ともに与え合うのが一番の幸せだったことを思えば、これからの社会で知らず知らず虚しい気持ちに侵されることを自分で防げるのではないだろうか。

竹林館社主の左子真由美様と社中の方には大変お世話になりました。エッセイ集を予約してから月日が経ち、昨年秋集中的に原稿を書き揃えてお願いしましたところ、早速手配していただきました。厚くお礼申しあげます。

また、「知井村史」にいろいろ教えられ、同級生や家族、姉弟にも昔の事や村の行事について教えていただいたことに感謝します。

平成二十九年三月一日　　　　名古きよえ

名古 きよえ（なこ きよえ）

京都府南丹市美山町（旧地井）に生まれる。
1982年第一詩集、2014年『新・日本現代詩文庫116　名古きよえ詩集』、2011年エッセイ集『京都・お婆さんのいる風景』を上梓する。
日本画を京都市立芸術大学教授、木下章先生に春と秋の講座で学び、現在は関友道先生に学ぶ。2011年3月11日の東日本大震災と福島原発事故後、復興の願いを込めて作品を発表する。詩画集3冊。

「日本ペンクラブ」「日本文藝家協会」「日本詩人クラブ」「日本現代詩人会」「関西詩人協会」会員。詩誌「いのちの籠」「ここから」同人。個人誌「知井」を年2回発行。

住所　〒603-8042　京都市北区上賀茂狭間町17-17

とこしえ —— わがふるさと「知井」

2017年4月30日　第1刷発行
著　者　名古きよえ
発行人　左子真由美
発行所　㈱竹林館
〒530-0044　大阪市北区東天満2-9-4　千代田ビル東館7階FG
Tel　06-4801-6111　Fax　06-4801-6112
郵便振替　00980-9-44593
URL http://www.chikurinkan.co.jp
印刷・製本　㈱国際印刷出版研究所
〒551-0002　大阪市大正区三軒家東3-11-34


ISBN978-4-86000-355-5　C0095